「浅見光彦倶楽部」について

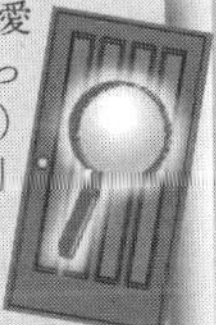

「浅見光彦倶楽部」は、1993年、名探偵・浅見光彦を愛するファンのために、原作者の内田康夫先生自らが作ったファンクラブです。会報「浅見ジャーナル」(年4回刊)の発行や、軽井沢にある「浅見光彦倶楽部クラブハウス」でのイベントなど、さまざまな活動を通じて、ファン同士、そして軽井沢のセンセや浅見家の人たちとの交流の場を設けています。

《浅見光彦倶楽部入会方法》

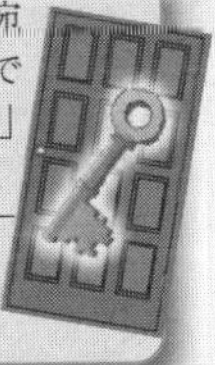

入会をご希望の方は、所定料金分の切手を貼り、ご自身の宛名(住所・氏名)を明記した返信用封筒を同封の上、封書で下記の宛先へお送りください。折り返し「浅見光彦倶楽部」への入会資料をお送り致します。

【宛先】〒389-0111　長野県北佐久郡軽井沢町長倉504
浅見光彦倶楽部事務局　入会希望K係

会員特典

①センセや浅見さんのエッセイ掲載の会報「浅見ジャーナル」をお届けします！
②アサミストの聖地・軽井沢にある「クラブハウス」の入館料がいつでも無料！
③センセと行くツアーなど全国で行われる「倶楽部イベント」にご参加可能！
④会員専用宿泊施設「浅見光彦の家」に、ご家族・ご友人とご宿泊いただけます！
⑤名前を登録すると、あなたの名前が内田作品に登場する「名前登録制度」も！
⑥森の素敵なお店・ティーサロン「軽井沢の芽衣」の飲食代がいつでも２割引き！
⑦公式サイト「浅見光彦の家」会員専用ページを閲覧できるパスワードを発行！

——他にも、浅見光彦シリー
センセの取材同行などで内田
限定品の通信販売や、会報
まざまな特典をご用意して、

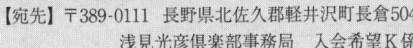

徳間文庫

「首の女《ひと》」殺人事件

内田康夫

徳間書店

目次

プロローグ

列車が行ってしまうと、屋根のないプラットホームに男だけが一人、ぽつんと取り残されていた。男は本来なら乗るはずだった列車が見えなくなるまで見送った。

「やっぱり会って行くことにしよう」

男は独り言を呟《つぶや》いて、諦《あきら》めたように改札口に向かった。改札係のいない駅である。男は見せる相手もいないのに、未使用の切符をヒラヒラさせて改札口を出た。

待合室を通り過ぎる時に事務室を覗《のぞ》くと、若い男が所在なげに雑誌を読んでいるのが見えた。制服を着ていないので、駅員なのかどうか分からない。男が通るのをチラッと見たようだが、すぐに視線を雑誌に戻した。

男は駅前の公衆電話で短い通話をした。

駅前の広場はアスファルトが剝《は》げて、ほとんど地面が露出していた。空は梅雨どき特有の鉛色の雲が垂れ籠《こ》め、昨日の雨がところどころに水溜《みずた》まりを作っている。広場の周囲には倉庫や民家が並んでいるが、そこにも人の姿は見当たらない。

男は広場を横切って、線路と平行している道路に出ると、右のほうへ、爪先下《つまさき》がりの坂を下っていった。

道路はじきに左に直角に折れて、上を何かの引き込み線が通っているらしいレンガづくりのガードを潜《くぐ》った。そこから先が集落になっている。幅が民家四軒分しかない薄っぺらな集落で、すぐ目と鼻の先が海岸であった。集落の真中を横切る道路を越える時、左右を見ると、道路沿いに、民家や商店やらが連なっていた。しかし、そこにもあまり人けはない。郵便局の前で老人が二人、ひまそうに無駄ばなしをしていて、見掛けない人間に驚いたような視線をこっちに向けていた。

男は急ぎ足になって防波堤のある海岸に出た。防波堤の向うは、狭いけれど、想像していたのよりはきれいな白い砂浜であった。

この時季は海が静かなのか、海岸に寄せる波は低く、タプーンタプーンと、のどかだが憂鬱《ゆううつ》そうな音を立てている。頭の上の高い電線に、尾羽根《おばね》の擦《す》り切れたトビが止まって、ピーヒョロロと繰り返し鳴いていた。

男は防波堤に腰を下ろしてしばらくじっとしていた。それから煙草《たばこ》を銜《くわ》えたが、火をつけるでもなく、前方の風景をぼんやり眺めた。海を背にすると、目の前に展開するのは、朽ちかけたような集落とその背後に連なる緑の濃い山肌ばかりである。

まったく動かない風景に、男はすぐに飽きて、横坐《よこずわ》りになって海に視線を移した。

男はそこに小一時間も坐っていた。その間に何度か時計を見た。煙草を三本吸い、三本目を背後の砂浜に捨てながら立ち上がった。

立ち上がったが、どこへ行くでもなく、四辻《よつつじ》のほうを気にしながらその辺をゆっくり歩いた。山の稜線《りょうせん》に陽《ひ》が沈んだのだろう、曇り空がいっそう暗くなってきた。

黒い乗用車が四辻を曲がってきた。防波堤の手前の空き地でUターンをすると、男の傍《そば》に近づいた。

男はフロントガラスを覗き込むようにして、運転の人物と二言三言、言葉を交わしてから、助手席に乗り込んだ。最前の二人の老人が、四辻の角から窃《ぬす》み見るようにして、男の乗った車が去ってゆくのを見送っていた。

第一章　蟬《せみ》の男

1

六月二十二日、日曜日の副都心は少しうすらさむい位の雨もよいにもかかわらず、若い人たちで賑《にぎ》わっていた。

車寄せから館内に一歩入った瞬間、真杉伸子《ますぎのぶこ》は（変わったわ――）と思った。ちょうど十年ぶりのセンチュリーホテルであった。十年前、伸子はオープンしたばかりのこのホテルで結婚式を挙げ、披露の宴を開いた。

変わった――といっても、どこがどう、というのではない。建物の外観はもちろん、正面玄関を入ったとっつきにある宏壮《こうそう》なロビーの風景には、何も変わったところは見当たらない。ロビー中央に丸く囲ったティーサロンの佇《たたず》まいも、三階まで吹き抜けの天井から吊っり下げた巨大なシャンデリアが、いかにも自慢げにキラキラと輝いているのも、オープン当時のままだ。

しかし違うのである。歳月の垢《あか》とでもいうのだろうか。使い込まれ磨きがかかった艶《つや》というべきなのだろうか。オープンしたての頃《ころ》は床も壁も調度類もそれこそピッカピカで、従業員のユニフォームも、彼等《かれら》の顔つきや身のこなしそのものまでもが角張っていた。何もかもが真新しくてきれいで緊張感があった。そういうのはキチンとして気分がいい反面、なんとなくよそよそしく、ギクシャクして落ち着かないものだ。

それがいつのまにか丸みを帯びてくる。壁や床は汚れ、ユニフォームの生地から張りは失われるけれども、使い勝手のよさというものが生まれてくる。従業員の挙措《きょそ》は自信にみちて、お客を戸惑わすようなことはない。その代わり、建物にも人にも狎《な》れの気配が生じて、あの頃の緊張感や初々しいはじらいのような気配は、もはや永久に見ることはできないだろう。

このホテルと同じ十年の歳月が流れたのだと、伸子はふと、自分の結婚生活に思い合わせて、ちょっぴり反省が湧《わ》いた。

案内係に訊《き》いて、ロビー正面の壁の裏側にあるエレベーターホールへ向かう。地階にあるいくつかの宴会場のひとつで「滝野川小学校第〇期卒業生同窓会」が開かれる。今年がちょうど二十五周年にあたるということでこんな贅沢《ぜいたく》な会場を選んだ。

小学校の同窓会だけは、伸子は欠かさず出席するようにしている。中学、高校、大学の友人とは違う親しみが小学校時代の仲間にはある。ことに、伸子のように中学から上を私立の学校に行ってしまった者にとっては、小学校時代が特別に懐かしい。三十八という、そう若いとはいえないこの歳《とし》になると、学校でのことはもちろんだけれど、街の公園や路地で遊んだ幼馴染《おさななじみ》との思い出が、まるで海辺で拾った桜貝やオハジキ、手作りのお手玉といった、子供時代の秘密の宝物のようにいとおしいのである。

ロビーを横切ろうとしていると、斜め後ろから「野沢さん」と伸子の旧姓を呼ぶ男の声がした。振り向くと、宮田治夫が笑顔で近づいてくる。

（いやだわ――）

すぐに伸子は思った。いやだけれど、面映《おもは》ゆいような嬉《うれ》しい気分もないではなかった。

宮田治夫は伸子が振った男である。

小学校時代、宮田と伸子はクラスでトップを争った同士である。クラス委員も交互に勤めた。卒業して数年後、たしか大学に入ったばかりの頃に開いた同窓会で、宮田の初恋の相手が伸子であったことをすっぱ抜く者がいた。皆が冷やかす中で宮田は真剣になって怒った。反対に伸子は笑いころげたのだが、もしかすると、伸子の側にも、かつては幼い恋の芽生《めば》えのようなものがあったのかもしれない。宮田はなかなか可愛《かわい》らしい少年だったのだ。

大学を出てまもなく、仲子は街で偶然、宮田と会った。その頃、仲子はすでに女子高の教員になっていたが、宮田は二年浪人して東大に在学中だということであった。誘われて入った喫茶店で、宮田は劇作家としての将来を熱っぽく語った。その時に宮田は仲子に最初のプロポーズをしている。話が途切れて、突然、「僕が大学を出たら結婚してくれないか」と言った。あまりにも唐突だったから、仲子はあやうく口の中のコーヒーを吹き出すところだった。

その時は何と言って断ったのか、憶《おぼ》えていない。冗談に紛《まぎ》らわしてしまったのかもしれない。宮田のほうも照れ臭くて、それほどしつこく言い寄ることをしなかったのかもしれない。

しかし、それから三年後、宮田はほんとうに結婚を前提にした交際を申し入れてきた。今度は前のように笑って誤魔化《ごまか》すわけにはいかなかったが、仲子のほうの事情も変わっていた。仲子にはちょうど縁談が持ち上がっていて、ほとんど決まったようなものだったのである。

そのことを知ってからも、宮田は何度か仲子を呼び出しては懇願した。宮田はいまどき珍しいロマンチストだし、思い込んだらいのちがけ――というような、一種偏執《へんしゅう》的なところがあった。幼い頃の恋心を十何年も抱きつづけているなどというのも、ちょっと異常だ。折角の好意とはいえ、縁談がまとまりかけている伸子にとっては、この際、嬉しさよりも迷惑以外の何物でもなかった。

最後には、伸子が宮田家に出向いて、先方の両親のいる前で、宮田にはっきりと事情を説明し、彼との交際を断った。宮田はたちまち顔面蒼白《そうはく》になり、部屋を飛び出していったきり、二度と戻ってこなかった。

宮田と会うのはそれ以来のことである。

「御無沙汰《ごぶさた》してます」

伸子は笑顔で、しかししっかりと距離をおいていることを相手に印象づけて、丁寧に挨《あい》拶《さつ》した。

「もう何年ぶりになるかしら?」

「きみに振られて以来ですよ」

宮田は苦笑を浮かべて、言った。そういえば、宮田はあれっきり、同窓会にも顔を出していない。

「やあねえ、古い話を……」

仲子は睨《にら》むような目をつくった。その視線を避けるように、宮田は腕時計を見た。

「まだ時間、早いな。あそこでお茶でも飲みませんか」

仲子の返事も待たずに、ロビーの脇《わき》にあるティールームへ歩いていった。

「幸せそうですね」

オーダーをして、煙草《たばこ》に火をつけながら、宮田は言った。宮田が拗《す》ねた顔で言うと、幸せなのが悪いように聞こえる。

「お子さんは？」

「まだ。宮田さんは？」

「僕？　いるわけないでしょう」

「じゃあ……」

結婚はまだ？　と言いかけて、やぶへびになりそうなので、仲子は訊くのをやめた。

「まだチョンガーですよ」

宮田はぶっきらぼうに言った。その責任は仲子にある——と言いたげだったが、仲子は気付かないふうを装うことにした。

「独身主義ってわけじゃないんでしょう？」

「そういうわけじゃないけど……」

「まさか、あの時のことにこだわっていらっしゃるんじゃないでしょうね?」

笑いを含んで、伸子はズバリと言った。

「いや、そうじゃない。ちがいますよ」

宮田は眉《まゆ》をしかめて強調した。

「ただね、何となく、いい相手に巡り合えないだけ」

「紹介しましょうか?」

「紹介? 誰《だれ》を?」

「誰って、いろいろ。……そうだわ、うちの妹なんかどうかしら?」

「妹さんて、ミコちゃんのこと?」

「あら、よく憶えてらっしゃるわね。そう光子よ。あの子、もう三十三にもなるのに、まだ結婚どころかボーイフレンドもいないみたいなの。でもだめかしら、そんなハイミスじゃ」

「そんなことはないけど……」

「だったら、いちど会ってやってくださらない? 姉の私が言うのもなんだけど、あの子、あれでなかなか美人だし、頭だって悪くないし。絶対、もらって損はないわ」

「しかし、僕は女房を食わしてゆける自信はないから……」

「あら、宮田さん、お仕事は何なさってらっしゃるの？」

「相変わらずさ。ちっぽけな劇団でプロデュースや脚本書きをしているけど、いまだにうだつが上がらない」

「いいじゃないですか。素敵だわ、男の人が信念に生きているって……。光子はお勤めしないで、家庭教師の口をいくつか持って、けっこういい収入があるみたいだから、あなたのお役に立つと思うわ。ね、そうしなさいよ。会うだけなら構わないでしょ？　ちょっと光子に電話してみます」

「あ、ちょっと待って……」と煮えきらない宮田を置いて、仲子は席を立った。

ロビーの片隅に黄色い電話がいくつも並んでいる。そのひとつに向かって、実家のダイヤルを回す。昼食時間にかかる頃で、光子はまだ家にいた。仲子が手短かに宮田のことを話すと、おかしそうに笑い出した。

――マジで言ってるの？

笑いながら光子がそう言った時、隣の電話で喋《しゃべ》っている男が、ほとんど同じタイミングで言うのが聞こえた。

「マジでか？……」

仲子は驚いて男の声に振り返った。

男は四十位の紳士である。光子のような今風の女が言うのならまだしも、こんな紳士が流行《はや》り言葉を口にするのは似合わない。しかも、紳士は至極、真面目《まじめ》くさった顔である。むしろ、口調からすると怒っているというべきかもしれない。仲子の視線を感じたのか、眉を逆立《さかだ》てた目でこっちを睨んだ。仲子がいそいで視線を逸《そ》らすと、紳士のほうも向きを変えて背中を見せた。

――ねえ、それ、マジで言ってんの？

光子は笑いを含んだ声で、仲子の返事を催促している。

「当り前じゃないの、かわいい妹をからかうために、こんなことを言ったりはしないわ。あなたこそ、真面目に考えなさい」

――だってさあ、相手が宮田さんだなんて、マジになれって言うほうが無理よ。

「どうして？」

――だって、あの宮田さんでしょう？　ハムレットの。

「ああ、そうそう、よく憶えてるわね。あなた、あれ観《み》たんだっけ」

――観たわよ。姉さんがどうしても行けって、切符、押しつけたじゃない。自分が行きたくないもんだからさ。

「あははは、そうだっけ、忘れちゃってた」

伸子は間の悪いのを笑って誤魔化した。

宮田治夫の劇団がハムレットを新解釈で演じるから——と切符を送ってきたのは五年ほど前のことである。〔貴女《あなた》にぜひ観ていただきたいのです〕と、なんだかラブレターまがいに熱の籠《こ》もった手紙が添えてあった。

あんなことがあったというのに、宮田がそんなものを送って寄越《よこ》すところをみると、いまだにかつての想《おも》いを断ち切れずにいるのかもしれない——と、伸子は半分嬉しいような、半分迷惑のような気分を味わったものである。

——あの人、まだ独身なの？　じゃあ、姉さんのこと好きだったんじゃないの？

「ばかねえ……」

伸子は慌てて否定したけれど、光子の勘のいいのにはいつも驚かされる。

「とにかく、いちど会ってみない？　宮田さんのほうもミコちゃんのこと知っているんだし、気楽にデートするつもりでさ」

——気楽にってわけにいかないわよ、この歳なんだから。

「何言ってんの。歳はおたがいさまでしょ。あの人、いまだに演劇に打ち込んでいるんだって。東大を出てるんだし、いまどき貴重な存在よ」

——東大出か。気が進まないなあ……。

「いいからいいから、任しておきなさい」

仲子は一方的に言って、電話を切った。

席に戻ると、宮田は困惑した顔で待ち受けていた。

「ミコちゃんＯＫですって。二、三日中に会うようにして上げて」

「いや、しかし僕は……」

「いいからいいから、ただ会ってくだされればそれでいいの。あの子、ぜったい宮田さんのこと気に入ると思うわ。さ、そろそろ行きましょうか」

仲子は立ったが、宮田は腰を下ろしたままだ。

「僕はひと足遅れて行くよ。二人一緒だと、いろいろ勘繰るやつがいるから」

「いやあねえ、そんなこと気にする人がいるものですか」

「いや、いるよ。第一、僕が気にする」

宮田は真顔で言った。

仲子は笑って、「じゃあ」と宮田を残して喫茶ルームを出た。それからトイレに寄って、エスカレーターに乗ろうと、もういちど喫茶ルームの前を通りかかって、何気なくさっきいた席の方角を見て、宮田がまだそこにいるのを発見した。

宮田は男の客と向かいあって、話し込んでいる。

（あら、あの人――）

相手は、伸子が電話している時に隣にいた紳士だった。宮田の知り合いだったらしい。その二人を横目に見ながら、伸子は同窓会場へと急いだ。

2

自分が浅見光彦の家に家庭教師としてゆくようになるなんてことは、これはもう運命としか言いようがない――と光子は思ったものだ。

浅見家を紹介したのは、能楽師《のうがくし》の家柄である鳴海《なるみ》家の夫人である。この春の受験で、光子が教えた長男がみごとに慶応中学に合格した。その実績を買われて、光子を浅見家に推薦してくれた。

「ご主人さまは高級官僚。亡くなったお父さまは大蔵省の局長までなさったお家柄よ。奥様もいい方なの」

鳴海夫人はいいことずくめに言って、訪問の日時まで段取りをつけた。うかつなことに、住所を聞いてもまだ、光子は「浅見家」があの浅見光彦の家であることに気がつかなかった。

光子の家からバス停の距離だとほぼ二つ分を歩いて、西ヶ原三丁目の街を、教えられた番地を尋ね尋ねて行った。この辺りは東京の中でも聖域のように取り残された静かな住宅街で、マンションの数も少ない。

表通りから車の往来の少ない通りに入ってまもなく、大理石の門柱に「浅見陽一郎」の表札があるのをみつけた。大谷石《おおやいし》を積んだ上に植え込みのある塀に囲まれた、かなり大きな邸《やしき》だ。表札の下にあるインターフォンのボタンを押すと、玄関のドアが開いて、思いがけない顔が現われた。

「あらっ、浅見くん！……」

浅見家を訪ねて「浅見くん！」と驚くのはおかしいかもしれないけれど、光子はほんとうに驚いてしまった。

「あれ？　野沢さん……」

浅見のほうも驚いたにちがいない。端整な顔が口をアングリ開けた間抜け面になって、光子を見つめた。

「じゃあ、浅見さんて浅見くんのお宅のことだったのね……」

光子も間抜けなことを口走った。浅見のほうはどういう意味か分からず、相変わらずポカンとしている。

野沢光子が兄・陽一郎の娘を教える家庭教師としてやって来たと浅見が知ったのは、それから五分後のことである。

「私はまた、一瞬、あなたのお子さんかと思っちゃったわ」

光子は応接室に通されてから、おかしそうに言った。

「だけど、考えてみるし、浅見くんにそんな大きなお子さんがいるわけないものねえ」

「あたりまえだよ」

浅見は笑いながら、口では怒ってみせた。

「第一、女房もいないのに、なんだって子供がいなきゃならないんだ」

「あらそうなの、じゃあ、浅見くんも独りなのね」

「というと、きみも？」

「うん、自慢じゃないけど」

「ふーん、きみほどの才媛《さいえん》がねえ……。もっとも、才媛だからこそ、かもしれないな。ちっちゃい頃はそうでもなかったけど、高校時代のきみは眩《まぶ》しすぎて近寄りがたかったものなあ」

浅見が通っていた小石川《こいしかわ》高校と光子の竹早《たけはや》高校は、それぞれ旧制の中学と女学校が母体になっている。秀才と才媛の誉れが高い伝統校であった。隣接した場所にあるので、古来、両校生徒のあいだに、ほんわかとしたロマンスめいたエピソードが多い。野沢光子は当時、小石川の軟派学生のあいだで竹早を代表する美少女と噂《うわさ》された。幼馴染である浅見は、上級生から仲を取り持つように命令されて、辟易《へきえき》したことがある。そんなわけで、浅見は光子と道で会ったりすると、コソコソ隠れたりしたものだ。

「あら、私には浅見くんが高嶺《たかね》の花に思えたわよ」

光子は口を尖《とが》らせて、言った。

「よせよ、汚い花だ」

「ほんとよ。マジでそう思ってたんだから」

冗談とも本気とも思える光子の言葉に、浅見がドキリとした時、ドアがノックされて浅見の兄嫁が入ってきた。

「さっきお聞きしましたけど、野沢さんは光彦さんとはクラスメイトだったんですってねえ」

型どおりの挨拶が終わると、兄嫁は早速、興味深そうに訊いた。

「ええ、小学校から中学まで一緒で、みんなに光光コンビってからかわれるほどの仲良しだったんです」

光子に「ね……」と同意を求められて、浅見は顔を赤くして照れた。

「でしたら、お二人、ご一緒になればよろしかったのに……。あの、失礼ですけど、野沢さん、まだお独りなのでしょ？」

「義姉《ねえ》さん……」

浅見は慌てて兄嫁を制した。

「ごめんなさい、余計なこと申し上げて。鳴海様の奥様から、そんなようなことをお聞きしていたものですから。でも、もったいないわ。こんなに素敵な方がお独りでいらっしゃるなんて。世の殿方たちは、いったい何をしてらっしゃるのかしらねえ」

兄嫁は慨嘆した。本来はどちらかといえばおしとやかな女性なのだが、浅見家に嫁いで以来、姑《しゅうとめ》である雪江未亡人の影響を受けたのか、他人事《ひとごと》にお節介を焼きたがる性格に変《へん》貌《ぼう》をとげたらしい。

「でも、独りって、気楽でいいんです」

光子は負け惜しみとしか受け取られないと分かっていても、そのことだけは言っておきたかった。

「みなさんが、どうしてって不思議がるんですけど、本人はそれほど深刻に考えていないんです。かえって、自分のしたいことをして、自由に生きているのが贅沢《ぜいたく》すぎるかなって、申し訳ないように思ったりして……」

「それは言えるね」

浅見はつい同調した。

「僕なんか、いつまで経《た》ってもこの家の厄介者でいるわけでしょう。申し訳ない、恐縮の塊みたいな気持ちがあるんですよ」

「ほんとかしら?」

兄嫁は疑わしい目で笑った。

「そんなふうに思ってらっしゃるなら、早くお嫁さんをお貰《もら》いになればいいのに。こんなに素敵な方だっていらっしゃるんだから」

「ははは……、よしてくださいよ、参ったな、照れるな」

浅見はしどろもどろに狼狽《ろうばい》して、「そうだ、出掛けるところがあったんだ」などと呟《つぶや》きながら、光子への挨拶もそこそこに部屋を逃げ出した。

光子の家庭教師はすぐに決まった。浅見の兄嫁は、それとはべつに、義弟のことを本気で考えてくれるよう、光子に言った。

「あのひと、見掛けは頼りなさそうに見えるし、ちゃんとしたお勤めはできない体質らしいけど、フリーのルポライターだとか探偵の真似《まね》ごとみたいなことをして、けっこう働きはあるみたいなんですよ」

光子は「はあ」と曖昧《あいまい》に応じたが、内心は嬉しくないこともなかった。浅見なら気心も知れているし、うまくやっていけるかもしれない――などと、勝手に空想した。

もっとも、光子には目の前に姉の持ち込んだ「縁談」なるものがぶら下がっている。浅見とのことも含めて、もし本気で結婚を考えるなら、これが人生最後のチャンスになるかもしれない。華麗な独身生活にピリオドを打つかどうか――。

（おい、光子よ、フンドシを締め直してかからなきゃいかんぞよ――）

光子はうっかり卑猥《ひわい》なことを考えて、浅見家の若奥様の前で苦笑を浮かべてしまった。

その二日後には、光子は姉がセッティングした、宮田治夫とのデートを敢行《かんこう》している。

銀座二丁目のセントラル美術館で高村光太郎・智恵《ちえ》子展が開かれていて、二人はそこで落ち合った。光子は約束の時間より少し遅れて行ったのだが、宮田はそれよりさらに十分も遅刻した。自分の遅刻を棚に上げ、失礼な――と思う反面、（テキもなかなかやる――）と小面《こづら》にくい気がしないでもなかった。

宮田はルックスは悪くないが、見るからに気難しそうな男だった。眉根にいつも縦皺《たてじわ》を寄せ、額に垂れかかる髪の毛をひっきりなしにかき上げる。

こういう人物には、無神経で、ものごとを何でも深刻に受け止めるタイプが多い。よく言えば完全主義者だが、その癖、ある種の破滅型で自己中心主義者でもあるはずだ。

「今度、智恵子抄をテーマにした舞台をやることになりましてね、いちど光太郎と智恵子の作品を観ておきたかったのです」

宮田は館内に向かいながら言った。

なんのこっちゃ——と光子はばかばかしくなった。展覧会が目的で、デートはついでのようなものだということか。

「光子さんは智恵子抄はお好きですか?」

「さあ……、私、読んだことがないんです」

「はあ、智恵子抄を読んでないのですか」

宮田は信じられない物体を見るような目をした。

「ええ。ですからせっかくこういうところに連れてきてもらっても、張合いがありませんわよね」

「いや、まあ、そんなことはない」

宮田は自分に言いきかせるように言って、勝手に頷《うなず》いた。

「あなただって、光太郎と智恵子の仕事を見れば、きっとファンになりますよ」

宮田がそう言っただけのことはあった。展覧会などというものには、中学か高校の団体で行ったきりという、およそ美術に縁の薄い光子だが、展示されている作品の多くに新鮮な感動を呼び覚まされた。

　とりわけ、光太郎の彫刻が素晴らしかった。父親・高村光雲《こううん》の胸像や老人の首などもよかったけれど、小品に優《すぐ》れたものがあるように見えた。「ピアノを弾く手」というタイトルの、手首から先の、指が力強く鍵盤《けんばん》を抑えた瞬間をブロンズ像にした作品の前では、しばらく釘付《くぎづ》けにされたほどだ。

　ザクロ、桃、白文鳥、鯰《なまず》、蓮根《れんこん》にカタツムリ……といった、変わったモチーフの木彫《きぼり》の小品には、ほんとうに掌《てのひら》に包み込みたくなる愛らしさがあって、高村光太郎という人物の人柄がにじみ出ているような気がした。

「素敵だわ……」

　光子は嘆声を洩《も》らしながら、すべての作品に見惚《みと》れた。宮田は終始、寄り添うようにして歩きながら、そういう光子を見て、満足げであった。

　会場は思ったより空《す》いている。しかし、来ているお客は一様に熱心で、光子と同じように屈《かが》み込んで作品を鑑賞していた。

　順路の終り近く、木彫の「蟬《せみ》」が光子の目を引いた。その辺で拾ってきた木片を、ほんの無造作に削ったような、粗い鑿《のみ》の跡がそのまま残る小さな作品だが、その蟬はいまにも飛び立ちそうに、生きていた。

蟬を陳列してあるガラスケースの前には、男が一人立って、覆いかぶさるようにして、なかなか動こうとしない。光子は斜めに蟬を眺めているのだが、正面からじっくりと眺めたい欲望にかられた。

早く行ってしまえばいいと思うのに、男は彫刻の一つにでもなったように、じっと動かない。五十代ぐらいだろうか。痩《や》せぎすの小柄な男で、鼻が高く、眼《め》が異様に鋭い。手入れの悪い髪の毛といい、あまり上等でないスーツにノーネクタイという服装といい、まともな職業の人間には見えなかった。

(もしかすると、芸術家かな?)

光子はそう思った。芸術家ならありそうなタイプだ。作品を見る態度の異常ともいえる熱心さも理解できる。

光子はおとなしく順番を待つことにした。宮田が(どうしたの?——)という目で光子を見たが、光子が蟬を指差して、これを見て行きたいという意思表示をすると、すぐに分かった。

それにしても男の鑑賞はしつこく長い。さすがの光子も諦《あきら》めかけた時、男はふいに言葉を発した。

「違う!……」

掠《かす》れたような声だが、鋭い口調だったせいで、はっきりそう聞き取れた。

男は屈み込んでいた上体を起こして、その時になってはじめて光子と宮田に気付いた。

こっちを見た男の鋭い目に、狼狽の色が浮かんだ。

男はすぐに視線を逸らすと、あたふたという感じで足早に立ち去って行った。

「何なのかしら？……」

光子は急いで「蟬」を覗《のぞ》き込んだ。見れば見るほど魅力的な作品に思えた。

いったい、あの男は何がどう「違う」と言ったのだろう？――。

「いまのあの人、『違う』って言いませんでした？」

宮田に訊いてみた。

「うん、たしかにそう聞こえたけど……」

宮田も不審そうに、男の去って行った方角を見送った。男はすでに会場を出てしまったのか、姿は見えない。

「何が違うんでしょう？」

光子はまた蟬に視線を戻した。なんだか、あの男の言葉がこの作品を汚してしまったような悔しい想いがした。

順路の最後に、女性の首から上のブロンズがあった。台座にあるプレートにはそのものズバリ『女の首』と書いてある。

「あら?……」

光子はふと、その女の顔に見憶えがあるような気がして、小さく声を発した。

やや面長だが頰《ほお》のぽってりした、典型的な日本女性の顔といっていいのかもしれない。眼は切れ長で、鼻はそう高くない。いくぶん受け口ぎみの唇の両脇がキュッとすぼめられた感じが可愛い。髪は素朴に額の真中で左右に分け、耳の後ろでまとめられているような型だ。

全体の印象は、しかし、暗い。冷たいブロンズであるという先入観で見るせいもあるのだろうけれど、少し伏目になっている感じが、何か深い憂愁に耽《ふけ》っているような気配を想わせるのだ。

その暗さで気付くのが遅れた。

「ああ、姉さんに似てる……」

光子は発見した。「彼女」が陽気な微笑でも浮かべていれば、姉の伸子にそっくりだと思った。

「ねえ、これ、姉に似てると思いません?」

同意を求めようとして振り返って、宮田が慌てたように視線を逸らせるのを見てしまった。バツの悪い顔が、醜く真っ赤になっている。

「さあ、どうですかねえ。似てないいんじゃないですか？　そんなこと言うと、彼女、気を悪くしますよ」

「彼女って、どっち？　ブロンズ像のひとのほうですか？」

「違いますよ、あなたの姉さんですよ」

光子が冗談で言ったことに、宮田はムキになって怒った。

（へえー……）と、光子は興味深そうに、宮田の狼狽を眺めた。宮田は煩《うるさ》そうに目をパチパチさせて、早口で喋りだした。

「この首は智恵子の首といわれているものでしてね、光太郎の傑作の一つでもあるわけですが、僕はこの作品の出来映えより、光太郎が智恵子に注いだ愛情の深さのほうを感じてしまうのです。この首を造りながら、光太郎は智恵子を永久に自分の傍《そば》に置きたいと希《ねが》っていたのだろうな──とか、そういうことをです」

宮田は話しながら、まるで慈《いつく》しむような目でブロンズ像を見つづけていた。他人の目がなければ、おそらく彼はこの首を抱きしめ、愛撫《あいぶ》するにちがいない──と、光子は思ってしまった。

美術館を出て、少し時間のずれた昼食をとった。雑居ビルの五階にあるイタリア料理の店で、真昼間だというのに、店内はテーブルの上のローソクの明りが頼りといってもいいほど薄暗く、すでに夜のムードが漂っている。こういう店を選ぶあたりも、いかにも宮田らしいと光子は思った。

「どうでした、光太郎は？」

オーダーをすませ、ワインの小ビンをもらって乾杯の真似ごとをすると、宮田は光子の目を覗き込むようにして言った。

「すてきでした、とっても」

「でしょう、高村光太郎は巨人ですよ。不世出といってもいいかもしれない。それに智恵子との純愛がすばらしい。僕はね、光太郎が智恵子と出会い、愛し、獲得するまでの、彼の心理の流れにとても興味深いものを感じるし、ほとんど共鳴できるのですよ。光太郎はナイーブでひどく用心深くて、傷つくのを恐れるあまり、智恵子への愛をなかなか打ち明けられなかったにちがいない。自分の社会的地位や、それ以上に内面的なものが高められ、智恵子に対してははっきり優位性を誇示できるまでは、胸の奥に密《ひそ》かにしまっておいた。しかし、光太郎は決して冷静な計算高い男ではないのです。むしろ小兎《こうさぎ》のように臆病《おくびょう》であり、同時に阿修羅《あしゅら》のような激しさを兼ね備えていた。だから、智恵子に縁談が生じたと聞いた時、光太郎は悲嘆のどん底から悲鳴とも受け取れる激越な詩を発表しています。

いやなんです
あなたのいつてしまふのが――

という、これ以上はないストレートなうたいだしに始まる『人に』という詩ですが、これ、知らないでしょうね？」

「ええ、残念ですけど……」

光子は仕方なく頭を下げた。

宮田はまたしても哀れむような視線を光子に送った。

それからふいに尻《しり》のポケットから手帳を取り出すと、無造作にページを破り取って、殴りつけるように文字を書き始めた。

「これが、その詩です」

書き上がったものを、テーブルの上を滑らせて、光子に突きつけた。

光子は紙片を拾った。書き殴りの読みにくい文字だが、それだけに宮田の激しい感情がもろに浮き出ているようにも思えた。

いやなんです
あなたのいつてしまふのが――

花よりさきに実のなるやうな
種子よりさきに芽の出るやうな
夏から春のすぐ来るやうな
そんな理屈に合はない不自然を
どうかしないでゐて下さい
型のやうな旦那さまと
まるい字をかくそのあなたと
かう考へてさへなぜか私は泣かれます
小鳥のやうに臆病で
大風のやうにわがままな
あなたがお嫁にゆくなんて

いやなんです
あなたのいつてしまふのが――

「ほんと、ずいぶん直截《ちょくせつ》的なんですね」

光子は少し驚きながら言った。

「そうでしょう、激しいでしょう。この激しさが光太郎の芸術の源泉なんです。この激しさは並の人間にはない。残念ながら、僕にもなかった……」

宮田はいまにも泣きそうな顔をして、それから気を取り直したように続けた。

「智恵子は光太郎の詩にうたれて、じっと愛の成就する日を待つのです。これがまたすばらしいと思いませんか。目先のちっぽけな欲望や、ひとの噂や、もろもろの打算なんかで軽はずみな結婚を選ぶ連中には、この高潔な愛の世界など、理解できっこない……」

もしこの時、料理が運ばれてこなければ、宮田の熱弁はやむところを知らなかっただろう。光子はあっけに取られて、宮田のギラギラと異様に輝く眸《ひとみ》を見つめていた。

宮田の言っていることは、彼自身が独身でいることと光子が嫁《い》き遅れていることへの慰めかと思ったのだが、どうもそうではないらしい。宮田は明らかに「何か」に対して怒っているのだ。それは世の不条理に対してでもあるようだし、自分自身に対してでもあるように、光子には受け取れた。

「あなたの姉さん――仲子さんのご主人というのはK大の助教授なんだそうですね」

食事の途中で宮田はふいに言い出した。

「ご主人が教授になると、伸子さんも幸せになるんでしょうか?」

肉を切りながらぼんやりと言った。光子は返事のしようもなく黙っていた。

3

野沢家は山手線の駒込《こまごめ》駅からほど近い、高台の住宅街にある。例の滝野川小学校や、聖学院という大学まである私立学園などに挟まれたような、文教地区でもあった。現在、野沢家は光子と母親の二人暮らし。姉の伸子は早くに嫁に出て、兄の純夫は結婚してまもなく勤務先である商社のアメリカ支店へ行ったきり、もう五年になる。その間に父が亡くなった。

「母さんを一人っきりにして、私が出てゆくわけにいかないものねえ」

光子は何かというと、それを結婚しないことの言い訳に使う。

「あんたなんかいないほうがせいせいするんだけどねえ」

と母親も負けていない。しょっちゅう口喧嘩《くちげんか》しているような母娘《おやこ》だが、それでいてうまくいっているのは、それぞれの役割分担が嚙《か》み合っているせいである。光子は掛け持ちの家庭教師の口をいくつも引受け、午後から夜にかけて、けっこう忙しい。午前中も翻訳物なんかを頼まれたりするから、家のことはおろか、身の周りのことも何ひとつできないダメ女だ。

「あんたはお父さんや純夫より、よっぽど手間がかかるわね」

母親はそう言って嘆く。嘆くくせに、そんなふうに手間のかかる人間が家にいてくれることに、生き甲斐《がい》を感じているのが、光子にはありありと見えている。

「私は男ならよかったんだけどなあ。母さん、生む時に、つける物をつけ忘れたんじゃないの？」

「なんてことというの。いやらしいわね、この子は」

母親のほうが顔を赤くして、本気になって怒る。こんな調子では嫁の貰い手がなくて当然――と自分でも思えてくる。

宮田とのデートの翌日、伸子がやってきた。

「で、どうだった？」

光子の顔を見るなり、訊いた。

「どうって、何が？」

「だからさ、宮田さんとうまくいきそうかっていうこと」

「そんなの、分からないわよ。一緒に展覧会を観て、食事をして、とりとめもないことを駄弁《だべ》って……、それだけだもの」

「それだけって、それだけすれば充分じゃない。何かしら感触があったでしょうに。お付き合いが続きそうだとかさ。そもそも、あなた自身の気持ちはどうなのよ。宮田さんに対しては」

「さあねえ……、あまりタイプじゃないって感じかな。あちらさんだって同じみたいよ。なにしろこんなパッパラパーだからねえ」

「あなた、また何か変なこと言ったりしたんでしょう」

「そんなことないわよ。少なくとも姉さんの名誉を傷つけるようなことはね……。そうそう、宮田さん、ほんとは姉さんに気があるんじゃないのかなあ」

「どういう意味よ、それ？」

「要するに、私は姉さんに接近する目的のための、ダシに使われたんじゃないかって思うのよね。話の最中にしょっちゅう姉さんのこと聞きたがるし」

「私の何を訊くのよ」

「さあねえ、何かな。つまり、いまはしあわせかとか、そういうことじゃないかな」

「そんなの、余計なお世話じゃないの」

「私に怒ったってしょうがないわよ。それとも、姉さん、ほんとは昔、宮田さんに罪なことをしたんじゃないの？」

「冗談言わないでよ、ばかね……」

しかし、妹の慧眼《けいがん》どおり、伸子には思い当たるふしが大いにあるわけだ。光子を紹介したのだって、宮田に対する罪滅ぼしの気持ちが無意識のうちにあったのかもしれない。

「とにかく、私のほうから積極的に動く気にはなれないわ」

と光子は結論を言った。

「あっちが本格的に接近してきたら、その時になってあらためて考えることにする」

「そんな悠長に構えていていいの？　贅沢いえる歳じゃないのよ」

「それはおたがいさまだって、姉さん、言ったじゃない。とにかく私はどっちでもいいんだから」

光子は本気でそう思っているから、伸子も二の句が継げない。かといって、伸子が宮田を口説くのも、それこそおかしな話になりそうだ。

「あなたの好きなようにしなさい」

サジを投げたように言って引き上げた。

ところが、それから何日かすると、光子のほうから宮田に会いに出掛けるようなことになるのだから、世の中、一寸先は闇《やみ》である。

その朝、光子はいつもどおりテーブルの端に新聞を半開きにしながら、トーストをかじっていた。この不行儀は父親譲りである。いくら口を酸《す》っぱく言っても治らないから、この頃は母親も諦めて文句を言わなくなった。

選挙戦が始まって、記事のほとんどがそれに関するものになっている。豪雨の被害が南九州で出たという記事の隣に、小さな写真入りの記事があった。

――岳《だけ》温泉で変死者、殺人か?――。

そういう見出しで、それだけならべつに珍しくもなかったのだが、そこにある写真を見て、光子は(あれ?――)と目を惹《ひ》かれた。(見た顔だ――)と思った。

記事の内容は、福島県の岳温泉で男の人の変死体があって、どうやら殺された疑いがあるというものであった。変死者は「富沢」という男で、広島の人間だと書いてある。

富沢という名も知らないし、広島県に知人はなかった。

(でも、どこかで見た顔だわね――)

光子はトーストを置いて、新聞の写真に見入った。免許証か何かから取ったらしい、真正面を向いた割と程度のいい写真だ。

「あっ、これ、蟬の人だわ!……」

思わず叫んだ。

「何ですねえ、はしたない」

母親が目を三角にしたのを無視して、光子は虫メガネを取りに走った。

それからまもなく、光子は宮田のところに電話を入れている。

「新聞、見ました？」

勢い込んで言ったが、宮田は何のことか分からない様子だ。宮田の家の新聞には出ていないらしい。光子は苛立《いらだ》って、「じゃあ、これからお邪魔します」と言った。宮田が何か言いかけたけれど、その時には受話器が置かれていた。

宮田の家は野沢家からそう遠くない。霜降橋という、元は都電の停留所があった十字路に近く、光子の家からだと下り坂の一本道で、歩いても十分ぐらいで行ける。

「これから劇団のほうへ出掛けるところだったんだけど」

宮田は玄関で光子の顔を見ると、上がれとも言わずに、迷惑そうな表情であった。考えてみると、独身女性が、いくら家族と一緒に暮らしているとはいえ、かりにも独身男性の住まいを訪問するやり方としては適切ではなかったのかもしれない――と、光子はようやく気がついた。

しかし、もはや成り行きである。

「これ、見てください」

宮田に新聞の写真を突きつけた。

「この写真の顔、見憶えがあるでしょう?」

「さあ……、どうですかねえ」

「見憶えあるでしょう?　ほら、銀座の美術館で蟬の彫刻を見ていた」

「ああ、そう言われてみると、似ていないこともないですね」

宮田はまるで気がなさそうだ。

「似てないこともないですって?　そのものズバリじゃありません?」

「そうかなあ……」

「そうですよ、あの蟬の男ですよ」

光子はじれったくて、躍起になった。

「しかし、仮にそうだとして、それがどうしたんですか?」

「どうしたって……、だって、あの人が殺されたんですよ」

「しかし、そんなニュースは珍しくないじゃないですか。毎日どこかで誰かが殺されている世の中なんだし。身内でもないかぎり、誰が死のうと、殺されようと、こっちには関係がありませんよ」

「それはそうですけど……、そうですけど、でもこれ、おかしいと思いません?」

「おかしいって、何が？」

「この人が、岳温泉で殺されたっていうことがですよ」

「だから、それが、何か？」

「だって、岳温泉は安達太良山《あだたらやま》の麓《ふもと》じゃないですか」

「そんなことぐらい知ってますよ」

宮田は怒ったように言った。光子はいよいよ呆《あき》れ、苛立った。思わず眼を大きく見開いて、ふしぎそうに宮田を眺めた。

「だったら、その人——光太郎と智恵子の展覧会を観ていた男が、安達太良山の麓で殺されたことがおかしいと思いません？」

しっかりしてくれ——と、噛んで含めるような言い方をした。

「思いませんねえ」

宮田は冷やかそのものだ。

「光子さんは、光太郎・智恵子展に来てた男が、高村光太郎・智恵子にゆかりの深い土地である安達太良山の麓で死んでいたことを不思議だと言いたいのでしょうが、そんな偶然はいくらでもあるんじゃないですか？」

「…………」

光子はもう何も言うことがないと思った。この事件を知ったら、自分なんかより数倍も驚くにちがいないと信じていた宮田が、かくも冷淡でいられるなんて――。

「それは、確かに、偶然の一致みたいですけど……、でも、なんだか変だなあって思ったんですけど……」

光子もしだいに宮田の言うとおりかもしれないと思いはじめてしまった。

「そうね、偶然なんでしょうねえ」

「そうですとも」

宮田はきっぱりと断言した。その顔はしかし、口調ほどには自信にみち溢《あふ》れているようには見えなかった。むしろ、何か屈託したものがあるようにさえ、光子には思えた。

「それはそうと……」

宮田は急に思い出したように言った。

「あなたのお姉さんのご主人、もしかすると、近い中《うち》にK大教授になれるかもしれませんよ」

「えっ？　ほんとですか。でもどうして知ってらっしゃるの？」

「いや、たまたまそういうことを知る機会があったもんだから。でも、確かなことは分からないけど……」

宮田は言葉を濁した。

これから出掛けるという宮田に、光子は突然の訪問を詫《わ》びて宮田家の玄関を出た。その時、何の気なしに軒先を見て（あら？——）と思った。そこには光子の家と同じ「A」という新聞が束ねられておいてあった。

（どういうことかしら？——）

光子は宮田への不信を覚えた。

もしかすると、宮田も新聞の写真と記事を見ていたのではないだろうか？——。見ていながら、知らない素振りを装ったのではないだろうか？——そんな気がした。

仮にそうでないとしても、あれほど光太郎・智恵子に関心を抱いている宮田にしては、信じられないような無感動であった。それは逆に、この事件に対して宮田が関心を抱いていることの証拠ではないか——とも考えられた。

考えているうちに腹が立ってきた。ばかにしてる——と思った。

（だいたい、あのデートからして私をばかにしていたのだ——）

宮田の目的は光太郎の展覧会で、光子と会うことなど、添え物でしかなかった。そして話すことといえば、光太郎・智恵子への賛美と姉・伸子の消息への関心だけだ。

（あの人、姉さんのこと好きなんだわ、絶対に——）

いやなんです
あなたのいつてしまふのが――

という詩をあんな風に熱心に語ったのは、何のことはない、宮田自身の姉に対する心情の吐露でしかなかったんだ――と光子は確信した。

（だけど、姉さんのこと好きになって、あの人、どうしようというつもりかしら？――）

まさか光太郎の激しさを真似て、姉を略奪しようというのではないでしょうね――と、光子は道を歩きながら、ニヤニヤ笑ってしまった。

もしそんなドラマティックな展開になったら、あの朴念仁《ぼくねんじん》そのもののような大学助教授は、いったいどういう行動に出るのだろう？――。

自分が疎外されたことなど忘れて、光子はワクワクするような興味をそそられた。

第二章　江川《ごうのかわ》殺人事件

1

ことしの梅雨はカラ梅雨だというのが気象庁のご託宣だったが、七月に入ると本格的な雨が降り続いて、西日本各地では豪雨のニュースも聞かれるようになった。

とくに島根県には「七夕豪雨」という名称があるくらい、例年、この時季は降雨量が異常に多い。昭和五十八年、県西部の益田《ますだ》市で大規模な山津波が発生したのも、まさに七夕の夜半であった。

七月八日朝、その七夕豪雨で増水した江川《ごうのかわ》の河口付近に男の死体が浮かんだ。

江川は地元の人間はふつう「ごうがわ」と呼んでいる。しかし、各種の印刷物や道路標識などにはわざわざ「江ノ川」と書いてあるくらいだから、役所としては「ごうのかわ」

というのが正式名称だと言いたいのかも知れない。

東京あたりではあまり馴染《なじみ》がないが、江川は中国地方最大の河川である。島根・広島県境の山中に源を発し、中国山地の複雑な地形を北へ西へウネウネと蛇行しながら、島根県江津《ごうつ》市で日本海に注ぐ。

もっとも、遠方の人間にとっては「江津」という地名それ自体に馴染がない。江津市は島根県のほぼ中央、日本海に面した、人口わずか二万八千人足らずの小都市である。かつては江川を利用した水運で栄えた町だが、それは一世紀近い昔のこと。現在は山陰地方ならどこにも見られる過疎に悩み、一時期など、高校卒業者の八割近くが阪神方面か東京へ出ていってしまったといわれる。このところ、名産の「石州瓦《せきしゅうがわら》」が全国各地で人気を集め、街がようやく活気を取り戻した。観光パンフレットなどによれば、臨海工業も盛んになって、大阪・東京方面からのUターン現象も起こってきているというが、見た感じではうらぶれた印象は否めない。

その朝、国道九号線が通る江津大橋の上から、川の増水状態を眺めていた市の職員が川岸付近の淀《よど》みに浮かんでいる死体を発見して、すぐに警察に届けた。

警察と消防が出て死体を収容した。江川は大河だが、流路延長が長いために傾斜係数が小さく、全体としてはゆったりとした流れで、増水時でも流れの速さは大したことはない。

死体は推定年齢三十〜五十歳の男性で、中肉中背。ただしすでに腐敗が始まっていて、腹部にガスが発生しているせいか、いくぶん太りぎみに見える。

髪は長髪。服装は白いスポーツシャツに紺のスラックス。靴は茶で片方が脱げている。直接身元を示すような所持品はなく、ズボンのポケットに五万円あまりの金と、旅館の領収書が無造作に突っ込んであった。

死後、二、三日を経過しているとみられるが、死因はどうやら溺死《できし》らしい。その後の解剖結果でも、毒物は検出されず、外傷も致命的というような大きなものは認められていない。ただ顔面に殴られたような軽微の打撲痕《だぼくこん》が見られた。直接の死因は肺に水を吸い込んだことによる窒息であると断定された。

警察は単純な転落事故、自殺、他殺のそれぞれの観点から捜査を進めることになった。手掛りは旅館の領収書。「有福《ありふく》温泉石州グランドホテル」が発行したもので、宛名《あてな》は「宮下様」となっている。

捜査員は有福温泉へ急行した。

有福温泉は「石見《いわみ》の伊香保《いかほ》」といわれる、山間《やまあい》の鄙《ひな》びた温泉場である。沿岸漁業が盛んな時代や、高速交通網が発達していない時代には、島根県内はもちろん、広島の奥座敷としてかなりの繁盛だったそうだ。しかし、レジャーの大型化とともに客の数は激減、現在はすっかり寂れてしまって、とてものこと、「伊香保」とならび称されるほどの賑《にぎ》わいはない。

石州グランドホテルでは「宮下」なる人物が宿泊した事実はすぐに確認できた。人相・着衣なども当該死体のそれとほぼ一致した。ホテルの従業員の話によると、宮下は七月四日の夕方、予約なしに来館し、一泊して翌朝九時にチェックアウトしている。その際、ことによるともう一泊するかもしれないということを言っていたそうだ。

ところで、宿泊カードに記載された「宮下紀男」なる氏名はどうやら偽名を用いたものであるらしい。

「宮下」が宿泊カードに記載した住所は「東京都文京区駒込林町《こまごめ》二十五番地」になっているが、所轄の駒込警察署に問い合わせたところ、そういう地番は現在使われていないということであった。「駒込林町」というのは明治四十四年から昭和四十年まで使われていた名称で、現在の文京区千駄木《せんだぎ》一丁目と三丁目がそれに該当する区域なのだそうだ。

「宮下」なる男が、なぜそんな古い地番を詐称したのか——。「宮下」は昭和四十年以前にその付近の土地鑑があるということなのだろうか——。

警察の調査は行き詰まったかに見えたが、まもなく、逆に駒込署のほうから問い合わせがあった。お尋ねの変死者は、隣接する滝野川警察署管内で出されている行方不明者捜索願に該当する人物ではないかという。直ちに指紋その他を照合した結果、まちがいなく当人であることが判明した。

——東京都北区西ヶ原一丁目○○番地

宮田治夫——

これがその人物の素性であった。

宮田治夫の「変死」を光子が知ったのは、七月十一日、姉の伸子からの電話による。

光子が電話に出ると、いきなり「ミコちゃん、大変！」と叫んだ。

——ついさっき、同窓会のほうから連絡があったんだけど、宮田さん、島根県のなんとかいう川で溺死したんだって。

「えーっ……」と、光子は悲鳴のような声を上げたきり、絶句した。

——警察は自殺かもしれないって言ってるらしいのよ。

「自殺？　うっそー……」

——私だって信じられなかったけど、はんとのことなのよ。

「だけど、何だって自殺なんか……」

——そのことなんだけど、ミコちゃん、あなた何か知らない？

「あたしが？　どうして？」

――まさかあなたに関係があるなんてこと、ないわよね。

「あるわけないわよ。何がどう関係あるって言うのよ」

光子は思わず怒鳴ってしまった。

――そんなに怒らないでよ。だけど、思い当たることっていったら、それくらいのものでしょう。だから、ひょっとして、あなたが宮田さんに冷たくしたせいじゃないかって、そう思ったのよ。

「冗談じゃないわよ、私は宮田さんとそんなところまでいってないもの。それより、原因は姉さんにあるんじゃない？　宮田さん、ぜったい姉さんに気があったんだと思うな。こないだも言ったけど、私と付き合った目的だって、ほんとは姉さんに接近したかったためじゃないかって気がするのよね」

――変なこと言わないでよ。かりにも私は人妻よ。警察が嗅《か》ぎつけたらどうするの？

「だけど、姉さん、気をもたせるような態度を見せたんじゃないの？　だいたい、姉さんは昔から八方美人すぎるところがあるのよ」

――いいかげんにしなさい。いくらあなたでも怒りますよ。

伸子は声を震わせて言った。さすがに光子も失言を後悔した。

電話を切ったあと、しばらくは何も手につかなかった。あの宮田治夫が死んだなんて、にわかには信じられないはずなのに、なんとなくそういうことが起きても不思議ではないような気がしないでもない。宮田という男には、妙に存在感の薄い雰囲気があった。その雰囲気が宮田の存在感——といってもいい。俗に「影が薄い」というのはそういうことなのだろう。突然の死という強烈な形ででもなければ、目のまえから消え失せても、ひょっとすると気がつかなかったかもしれない。

しかし、宮田はそういう死に方をしたことによって、光子の心に強い衝撃と深い傷跡を残した。そればかりでなく、現実の問題として、光子はいやおうなく宮田の事件に関《かか》わらざるを得なくなったのだ。

「事件」から二週間後、光子が家庭教師に出掛けようと玄関を出たところに、男が二人、まるで行く手に立ち塞《ふさ》がるように現われた。梅雨明けのまぶしい陽射《ひざ》しを背にして、二人のシルエットが陽炎《かげろう》にゆれていた。

「島根県警から来ました。あなたが野沢光子さんですね？」

男は二人同時に黒っぽい手帳を示した。

「宮田治夫さんの事件のことについて、二、三お訊《き》きしたいのですが」

刑事は中年と若いのとのコンビで、質問はもっぱら中年のほうが受け持つらしい。

「宮田さんはご存じですね？」

「はあ」

「亡くなったことも知ってますね？」

「はあ、知ってます」

いくつか会話を交わしてから、光子は気がついて、家の中に入ってもらった。玄関先で刑事と話していたら、近所で何を言われるか分かったものではない。

応接室に通すと、刑事は宮田と光子の関係を根掘り葉掘り問い質《ただ》した。「関係」といわれても、はたしてどう答えるべきなのか、光子は当惑した。ただの知り合いというのとは違うし、かといってボーイフレンドとも恋人とも違う。結婚を前提としていたかといわれれば、そうでもあるような、ないような。

光子の曖昧《あいまい》な態度は、刑事の心証にあまりいい影響を与えなかったようだ。光子が外出するところだと知っていながら、ねちっこく同じ質問を何度も繰り返した。

最後には明らかにアリバイに関することを訊いた。七月五日から六日にかけて、どこで何をしていたか——というのである。

それはしかし、光子の場合、比較的はっきりしている。家庭教師のスケジュール表がきちんとつけてあるからだ。刑事はスケジュール表を手帳に写し取って、それぞれの家の住所を訊いた。

光子は慌てた。

「あの、まさか、家庭教師先のお宅に行ったりはしないのでしょうね?」

「さあ、場合によってはそういうこともあり得ますが」

刑事は意地悪く言った。

「それは困ります。みんなお固いお宅ばかりですから、刑事さんが行ったりすれば、気分を害すると思うんですよね」

「しかし、こちらも仕事ですからなあ」

「私だって仕事です。もしそれが原因で職を失ったらどうしてくれますか? 警察で面倒を見てくれるとでもいうのですか?」

光子が嚙《か》みつくと、刑事はニヤニヤ笑いながら言った。

「なんなら、面倒を見てもいいですよ」

(いやなヤツ――)

光子は露骨に顔をしかめた。しかし、とにかく刑事が「職場」に顔を出すのだけは食い止めなければならない。

「要するに、その日に私が東京にいたことが証明されればいいのでしょう?」

「まあそういうことですな」

「でしたら、この浅見さんのお宅なら気のおけないお付き合いなので、こちらに行って訊いてみてください」

五日も六日も、光子は浅見家に行っている。浅見のところなら、多少、気分を害したとしてもクビになるようなことはないだろう。

刑事は「ではそうします」と言って引き上げた。

刑事が行ってしまうと、光子は急いで浅見家に電話をかけた。幸い浅見光彦は在宅していた。光子が事情を説明すると、熱心に聞いてから「分かった」と力強く言った。学校で一緒だった頃《ころ》は、なんだかポーとして頼りないようなお坊っちゃんだったけれど、心なしか光子には頼もしく感じられる返事だった。

2

浅見家を訪れた刑事は、出迎えた青年のあまりの愛想よさに、すっかり面食らった。

「さあさあ、どうぞお上がりください。東京はやけに蒸し暑いでしょう。おまけに空気が悪いですからね。御苦労さまです。すぐに冷たいものをお出しします」

自己紹介もそこそこに、応接室へ入るまでほとんど何も言うまもなく、そういったことをペラペラとまくしたてられた。

「おのォ、野沢光子さんのことで、ちょっとお尋ねしたいことがあって……」

「分かっています。さっき野沢さんから電話がありました。彼女のアリバイをお知りになりたいのでしょう？」

「もう、連絡があったりですか？」

二人の刑事は鼻白んだ顔を見合わせた。

「いや、べつにアリバイ工作を頼んできたわけではありません」

浅見光彦はニッコリ笑って言った。日焼けした顔に白い歯が若々しい。

「刑事さんがみえたら、ちゃんと説明してくれと言ってました。彼女は僕の姪《めい》っ子のところに、家庭教師で来てくれているのですが、七月の五日と六日にはまちがいなく来ていますよ。その二日とも、僕は家にいて、彼女と会っていますから確かです」

「失礼ですが、あなたと野沢さんとはどういう関係ですか？」

「中学まで一緒の学校に通った仲です。彼女は美少女でしてね、その頃はずいぶんモテていたものですよ」

「というと、あなたも野沢さんのことを？」

「いや、僕なんかミソッカスみたいなもんですからね、その当時の彼女はまさに高嶺《たかね》の花でした」

「現在はどうなのです？」

「ははは、いまだって似たようなものです。相変わらず彼女は美しい。僕なんかには眩《まぶ》しすぎる存在ですよ」

「その美人がいまだに独身でいるのは、何か理由があるのでしょうか？」

「さあ、それは分かりません。いや、僕も最近まで、彼女はとっくにお嫁に行ってしまったものと思っていました。要するに世の男どもに目がないのか、それとも、近寄りがたいものを感じてしまっているのかもしれません。僕なんかもそのクチですけどね」

「野沢さんは、亡くなった宮田さんと付き合っていたという噂《うわさ》があるのですが、そのことは知ってましたか？」

「いいえ、初耳です」

ほんとうは浅見はさっき、光子にそのことを聞いていたが、そう言って、逆に訊いた。

「付き合っていたというと、恋人同士だったというわけですか？」

「はっきりしたことはまだ分かりませんがね、何度かデートもしているようです」

「そうですか……。じゃあ、彼女はさぞかしショックだったでしょうねえ」

「それがそうでもないらしいのですな」

そこのところが腑《ふ》に落ちない――というように、刑事は首を傾《かし》げてみせた。

「ところで」

と浅見は訊いた。

「宮田さんは、島根県に何をしに行ったのですか？」

「目下のところ分かっておりません」

刑事は渋い顔をして言った。

「宮田さんのご家族はどう言っているのですか？」

「何も思い当たることがないのだそうです」

「しかし、出掛ける前に何か言っていないはずはないと思いますが？」

「それは、まあ、多少はですな」

「何て言ってたのですか？」

「あんたねえ……」

刑事はムッとして言った。

「刑事はこっちですぞ。あんたに質問を受けるいわれはないのです」

「あ、これは失礼。詮索癖《せんさくへき》があるもんで、つい……」

浅見は頭を掻《か》いて、唐突に言った。

「県警の井手警部はお元気ですか？」

「は？……」

年配の刑事がびっくりして、薄気味悪そうに浅見をマジマジと見つめた。

「井手警部は自分の上司ですが。あの、浅見さんは警部をご存じなのですか？」

「ええ、津和野《つわの》の事件の時にいろいろお世話になりましたので」

「あっ……」

刑事はとつぜん思い出した。

「すると、浅見さんは、津和野の事件の時のあの浅見さん——浅見探偵さんでありましたか」

「ええ、そうです。じゃあ、あなたもあの事件に関係しておられましたか？」

「いえ、自分は当時、班が違うので直接にはタッチしませんでしたが、津和野の事件における浅見探偵さんの活躍ぶりは県警内部で知らない者はありませんですよ」

「津和野の事件」というのは、山陰の小京都といわれる観光のメッカ・津和野を舞台に起きた、世にも怪奇な連続殺人事件のことである。（『津和野《つわの》殺人事件』参照）。その事件で浅見は、おおげさにいえば日本の歴史に関わるほどの大きな謎《なぞ》を解明して、事件を解決した。

「自分は現在は井手警部の班に所属しておって、今回、本事件の捜査本部に詰めております」

「ほう、すると井手警部が捜査主任なのですか？　それは奇遇ですねえ」

「いや、まったくです。こんなところで浅見探偵さんにお会いできるとは思いませんでした。野沢さんも何も言ってくれなかったものですので、いろいろ失礼なことを申し上げてしまって……」

刑事は恐縮して頭を下げた。

「いや、とんでもありません。僕のほうこそ失礼しました。それに、野沢さんは僕が探偵の真似《まね》ごとをしてるなんて知りませんから、彼女のことを悪く思わないでください。それから、さっきも言ったように、アリバイの件もまちがいなく僕が保証します」

「分かりました。浅見探偵さんが保証してくださるのなら安心です。いや、もともと野沢さんを疑っていたわけではないのです」

刑事はとたんに豹変《ひょうへん》して、あらためて名刺を出した。「島根県警察本部捜査一課　巡査部長　橋田幸夫《はしだゆきお》」とある。もうひとりの若い刑事は「江津署の秋本」と名乗った。

「しかし、浅見探偵さんにお会いできたのは幸運でした。ぜひとも捜査に協力していただきたいものです」

橋田部長刑事は熱心な態度で言った。

「それは、僕でお役に立つことがあれば、できるだけのことはさせていただきます。しかしその『探偵さん』というのはやめていただけませんか。ほかの者が聞くと妙に思いますから」

「分かりました。それでは恐縮でありますが、浅見さんと呼ばせていただきます」

よほど律儀な性格とみえ、橋田は頭を下げて言った。

「それで、さっきの質問なんですが、宮田さんは江津に何をしに行ったのか、家族はどう言っているのですか?」

「それがですね、どうもはっきりしたことは言わなかったらしいのです。なにしろ、行き先さえも福島へ行くとか、いいかげんなことを言っているのですからね。ホテルの宿泊カードにもでたらめな住所・氏名を書くくらいだから、何か知られたくない秘密の目的があったということでしょうなあ」

「宿泊カードには何て書いたのですか?」

「宮下紀男です。住所は……」

橋田は手帳のメモを浅見に示した。

「文京区駒込林町二十五番地ですか」

浅見はメモの文字を頭に叩《たた》き込んだ。

「こんなありもしない住所を書くのですからなあ。どうも怪しい」

「あ、この住所は実際にはないのですか？」

浅見はそのことを知らなかった。

「あれ？　ご存じないのですか？　ここからそう遠くないのですがねえ。この駒込林町という番地は昭和四十年に改正されて、現在は千駄木一丁目と三丁目になっているのだそうですが」

「ああ、そうだったのですか。ちっとも知りませんでした。いや、東京っていうところは、つい目と鼻の先みたいなところでも、さっぱり分からないのですよ。隣にどんな人間が住んでいるのか知らないケースだって、珍しくないのです。げんに、僕はあの野沢光子さんが独身でいることすら知らなかったほどですからね」

浅見がいかにも残念そうに言ったので、二人の刑事の気分はいっぺんにほぐれた。

「宮田さんがご家族に『幅島へ行く』と言ったのは確かなのですか？」

浅見は訊いた。

「ええ、おふくろさんがそう言っているのですがね。あるいは『島根』といったのを記憶違いしているのかもしれませんが」

「なるほど『島根』を『福島』ですか……」

浅見は首をひねった。そんな聞き違えや記憶違いが起きるものだろうか？——。

「それにしても、なぜそんなおかしな住所を詐称したのでしょうか？」

「それが不思議に思えていたのです。まあ住所氏名を詐称するのは珍しくないのですが、まったくありもしない住所を書くのはどういうわけかと思いましてね。しかし、いまさっきの浅見さんの言葉を聞いて、ようやく理解できました」

と橋田は嬉《うれ》しそうに言った。

「つまり、宮田さんは旧《ふる》い地番でしか憶《おぼ》えていなかったということでしょうなあ。昭和四十年以前の地番を憶えていたが、名称が変更になったことは知らなかったという」

「なるほど……」

頷《うなず》きながら、浅見は何か違う理由があるような気がしていた。それに、「駒込林町二十五番地」という地番に、かすかな記憶があるようにも思えた。

「事件当時の宮田さんの行動については、何か分かったことがあるのでしょうか？」

「いや、それはまだ、捜査が始まったばかりでありますから、われわれが向うを出るまでは大したことは分かっておりませんでした。じつは、他殺の可能性が強いということで捜査本部を設けたのですが、まだ確かなことはいえないような状態なんです。宮田さんが江津の有福温泉に宿泊したのは七月四日の夜だけだったのですが、家族の話によると、東京を出たのは七月三日なのだそうです。したがってそれまでのあいだと、有福温泉を出たあと、おそらく江津付近で何者かと接触したと考えられるのですが、そういった情報も、目下のところ摑《つか》んでいないようであります。正直なところいずれにしても、被害者はバスを利用して動いたと思われるので、足取りを摑むのには多少、時間がかかるのではないでしょうか。現在、被害者が転落したと思われる江川の上流方面一帯について、聞き込みを行なっておる状況であります」

浅見の脳裏に島根・石見地方の風景がおぼろげに浮かんだ。浅見は「津和野殺人事件」の際、井手警部のパトカーに同乗して、国道九号線を松江から津和野まで、島根県をほぼ縦断したことがある。海岸線に沿って走る道路だが、右に海、左に山並を眺める、いかにも日本的な風景だった記憶があった。しかし、江津付近がどうだったかはまるで憶えていない。その事件では、江川上流にある有名な「石見銀山」付近も関係があったのだが、そこは直接には訪れていない。

「いちど、現地を見てみたいですね」

浅見が呟《つぶや》くように言うと、橋田は喜んだ。

「ぜひおいでください。井手警部も喜ばれると思います」

「さあ、それはどうでしょうか。井手警部さんは、あの事件で僕に出し抜かれる恰好《かっこう》になったことを、内心面白く思っていないかもしれません」

「そんなことはないです。警部はあの事件で県警本部長賞を受けられましたからね。浅見さんには感謝しているはずですよ」

「そうですか……」

浅見は苦笑した。井手警部からはその後、季節ごとに便りは来ているけれど、ついぞ、そんな話が書いてあったためしはない。

「ところで、橋田さんはいきなり野沢光子さんに的を絞ったわけではないと思うのですが、宮田さんの交友関係は調べてごらんになったのでしょうね？」

「もちろん調べました。宮田さんは『轍《わだち》』という演劇グループに所属しておりまして、劇団員というのですか、仲間が十数人おります。中には女性も何人かいるのですが、それを含めて、宮田さんという人物は異常なほどの潔癖家でしてね、彼等《かれら》とはまったく個人的な付き合いはしないのだそうです。芸術家としては才能もあり、信頼もされているのだが、そういう意味ではいつも孤独だったとか、劇団の人は言っておりました。一通りアリバイを確かめましたが、劇団員の中には不審な者は見当たらないようです。それで、家族の人からいろいろと、宮田さんが個人的に付き合っている人物がいないかどうか訊いているうちに、野沢光子さんの名前が出てきたというわけです」

「何か彼女に不審な点でもあるのですか？」

「いや、そうではありませんが、家の人に言わせると、宮田さんがこのところしきりに野沢さんの名前を口にしていて——たとえば、電話がなかったかとか、ですね——そんなことはいまだかつてないことだからと、気になっていたそうです」

「そうすると、宮田さんと野沢さんとは恋人とか、そういう関係だったのですか？」

「そうだと思ったのですが、野沢さんに言わせると、どうもそうではないらしい。ただの友人関係みたいなものだと言っております。しかし、友人といっても、おたがいいい歳《とし》をした男と女ですからねえ、とおりいっぺんの関係とは考えられません」

そうとのみは言えないと浅見は思ったけれど、あえて刑事の考えに水を注《さ》す気はなかった。

3

刑事たちが引き上げてまもなく、浅見家に光子がやってきた。「家庭教師」の時刻よりはだいぶ早い。浅見の姪が玄関で「先生、ずいぶん早いんですね」と、抗議するように口を尖《とが》らせた。

「違うのよ。ちょっと光彦さんにお話があって、早目に来ただけ」

「ふーん、じゃあ、先生が叔父さんと結婚するって、ほんとうなんですか？」

「えっ？　うっそ……。やあねえ、そんなの嘘《うそ》ですよ。困っちゃうなあ」

「なんだ、違うんですか？　つまらないわ。結婚すればいいのに。二人ともいい歳なんだから」

浅見の兄嫁が慌てて飛んできた。

「子供はそんな余計なこと、言うもんじゃありませんよ」

顔を真っ赤にして叱《しか》った。食卓で「いい歳だ」などと喋《しゃべ》っていたのが暴露されて狼狽《ろうばい》している。

「いいんです。気にしませんから」

光子は怒るよりも笑ってしまった。

「やあ、賑やかですねえ。何の話？」

噂の当事者である浅見が呑気《のんき》な顔をして現われた。姪が「あのね……」と説明しようとするのを、兄嫁は邪険に突き飛ばすようにして連れていった。

「あの、電話で話したお客さん、もう来ました？」

光子は夫人と娘の耳を気にしながらも、急《せ》き込んで訊いた。

「ああ、来た来た」

浅見はニッコリと頷いた。

「で、どうだったの？」

「もうまったく気にすることはない。ちゃんとアリバイを証明したから」

「ほんと？　ああよかった。ああいう人種は嫌いなのよねえ。もっとも、好きな人はいないかもしれないけど」

「そんなひどいことを言うもんじゃないな。日本の社会秩序は彼等の力で守られているのだから」

浅見は珍しく真顔で窘《たしな》めた。

「そりゃ、そうですけど。でも、やっぱりね」

「あははは、本音を言えば、僕だってあまりカッコいいことは言えないんだ」

浅見は一転、笑った。

「車を運転していて、警察官の姿を見ると、べつに違反はしてなくても、一瞬、ドキッとする。人間、誰《だれ》だって多少は後ろめたいところがあるからね」

浅見は自分の書斎に光子を案内した。光子は珍しそうに部屋の中を見回した。ワープロとパソコンとオーディオの機器に囲まれた、およそムードとは縁のなさそうな環境だ。

浅見はドアを半開きにしておいて、一つしかないリクライニングの椅子《いす》に光子を腰掛けさせ、自分は距離をおいた出窓の縁に腰を下ろした。浅見なりに、光子に対して「害意」のないことを示したつもりなのだ。

「もし差支えなければ、宮田さんのこと、話してくれないかな」

浅見はさり気ない口調で切り出した。

「差支えなんてないけど、でも、正直に言って話すようなことは何もないのよね」

光子は困惑ぎみに言った。

「どの程度の付き合いだったの？」

「どの程度って……、まさか浅見くん、変な想像をしているんじゃないでしょうね」

「え？　いや、僕はべつにそんな……」

浅見は光子のいたずらっぽい目で睨《にら》まれると、ドギマギして顔が赤くなった。

「そんならいいけど。私と宮田さんとはただ一度デートしただけよ」

「ふーん、デートしたの」

浅見はつい羨《うらや》ましい口振りになった。

「デートって言ったって、姉に半分命令されたようなもの。展覧会を一緒に観《み》て、食事をご馳走《ちそう》になった程度で、いわゆるその、デートらしいデートなんかしていないんですからね」

「展覧会か、高尚なところへ行ったんだね」

「そう、高村光太郎・智恵子《ちえこ》展というのにね。だけどひどいの。宮田さんは展覧会が目的で、私とのデートなんかついでみたいなものだったらしいのよ」

「高村光太郎……」

光子の話の途中で、浅見はふと引っ掛かるものを感じた顔になった。

「高村光太郎か……」

引っ掛かりの正体を見極めようとしていると、ドアの脇《わき》から浅見にとって最人の「天敵」である母親の雪江未亡人が、紅茶を載せた盆を捧《ささ》げて現われた。

「高村光太郎がどうかしたの？」

「あ、お邪魔してます」

光子が立って挨拶《あいさつ》するのに、雪江は軽く応じてから、眉《まゆ》をひそめながら部屋の中を睨《ね》めまわした。

「光彦さん、こんなむさ苦しいところに若い……」

「若いお嬢様」と言いかけて、そう若くないことを思い出したらしい。

「……女性の方をお入れして、失礼ですよ。応接間のほうになさい」

さっさと部屋を出て行く。紅茶の湯気と香りを追うようにして、浅見と光子は雪江の後につづいた。

紅茶はちゃんと三人分あって、雪江もソファーに坐《すわ》り込む。「若い」二人の会話に参加するつもりらしい。大正五年生まれのこの未亡人には、まだ「男女七歳にして」の精神が厳として存在しているからやりにくい。

「高村光太郎がどうかしたのですか?」

雪江は紅茶を啜《すす》りながら、さっきの質問を繰り返した。

「いや、大したことではないのです。野沢さんが光太郎の展覧会を見に行ったという話を聞いていたところです」

「そう、光太郎はよろしゅうござんしょ?」

「ええ、とてもすばらしくて、私なんか不勉強で、高村光太郎も智恵子抄もろくに知らなかったんですけど。感激しました」

光子は目を輝かせて言った。

「おや、光太郎さんをご存じなかったなんて、それはいけませんわよ」

「ははは、光太郎さんだなんて、母さん、お隣さんみたいに気安く言うんですね」

浅見は笑ったが、逆に雪江に睨まれた。

「お隣さんみたいなものじゃありませんか。お墓だってうちのお墓と同じ染井の墓地ですし、戦災で焼けたのも一緒なのよ」

「へえー、戦災って、空襲ですか？」

光子が興味深そうに訊いた。

「そうですよ。あら、たしかお宅さまも同じ日に戦災にお遭いになったのじゃなかったかしら？　あの時は王子、滝野川から田端《たばた》、駒込、巣鴨《すがも》付近にかけてほとんど罹災《りさい》したはずですもの」

「駒込？……」

浅見が聞き咎《とが》めた。

「そうですよ。ずいぶん広く焼けて、大勢亡くなって、翌朝、黒い雨が降りました」

気丈なはずの雪江未亡人が、その朝の風景を思い出して、ほんの少し悲しそうな目を見せた。

「東京大空襲」というと、三月十日ばかりが象徴的にいわれている。本所《ほんじょ》、深川方面が焼失、十万人の死傷者が出た悲劇だから当然のこととしても、空襲はその日ばかりではないのである。

昭和十九年から二十年にかけて、東京を中心とする京浜工業地帯は連日のように空襲を受けた。最初は主として軍需産業の工場が目標になっていたが、やがて一般住宅に対する無差別爆撃に移って、東京の市街地は文字どおり焦土と化すのである。三月十日の空襲はそのほんの一端でしかない。

「母さん……」

浅見は意気込んで言った。

「その時、高村光太郎の家はどこにあったのですか？」

「ですから、駒込ですよ」

「駒込林町じゃありませんか？」

「そうですよ、駒込林町二十五番地……。当時は文京区に林町というのが二つあって、小石川林町の九十五番地があなたのお父様の本籍だったものだから、特別に憶えているのです。もっとも、光太郎さんのファンなら大抵は知っていることでしょうけどね」

「そうですか、駒込林町二十五番地は高村光太郎の住んでいたところですか……」

浅見はいまにも笑い出したくなる気持ちを抑えて、言った。さっき、何か引っ掛かるものを感じたのはそのことだったのだ。高村光太郎の住居が駒込林町にあったという記憶は、潜在意識の底に眠っていたにちがいない。

「それがどうかしたの？」

雪江が訊き、光子も同じ疑問を抱いた目で浅見を見つめた。

「いや、近くに有名な詩人が住んでいたなんて、感激じゃありませんか」

「なんですねえ、ばかばかしい」

雪江は慨嘆した。

「そんなことに感激するより、自分がもう少しましな人間になるよう、努力なさい」

捨《す》て台詞《ぜりふ》のように言うと、席を立って部屋を出ていった。

母親の足音が遠ざかるのを確認してから、浅見は光子の耳に口を寄せた。

「じつはね、宮田さんが島根のホテルに残した宿泊カードには、文京区駒込林町二十五番地と書いてあったんだ」

「へえーっ、そうだったの」

「宮田さんがどうしてそんな、ありもしない住所を書いたのか、警察は首をひねっていたけど、その理由がはっきりしたってわけだ。だいたい、人間はよほどの悪でないかぎり、偽名を使ったり住所を詐称したりする時、無意識のうちに何かしら自分に関係のある名前を使ってしまうものなんだ。宮田さんは宿泊カードを書く時、とっさに名前を『宮下』とし、住所は高村光太郎の住所を借用したというわけだね。察するところ、宮田さんはかなり光太郎に傾倒していたんじゃないかな」

「そう、それがそうなのよ。私が智恵子抄を読んだことがないって言ったら、すっごくばかにした目で見るの。なんでも智恵子抄をテーマにした劇をやりたいとか言ってたわ。それで光太郎と智恵子の展覧会に行ったってわけなのよ」

「なるほどね、それなら福島へ行く理由はあるな」

「福島？……」

光子は浅見の言葉を聞き咎めた。

「福島がどうかしたの？」

「うん、宮田さんは、家の人には福島へ行くと言って出掛けたそうなんだ。福島は智恵子抄の原点みたいなものだから、それなら分かるよね。しかし実際には島根へ行って、死んだ。だから警察では福島というのは家の人の聞き違えじゃないかって言っている。だけど、『島根』を『福島』と聞き違えるものか、ちょっとおかしいと思うんだ」

「そうね。それだったら、宮田さんはほんとうに福島へ行ったのかもしれないわ。そうすると福島の事件のこと、宮田さん、やっぱり気にしていたっていうことね」

「福島の事件？　何だい、それは？」

光子の口からまた新しい言葉が出て、今度は浅見が訊く番になった。

「福島の岳《だけ》温泉で人が殺された事件なの」

「えっ、また殺人事件かい？　それどういう話なの？」

「話せば長いけど、やっぱりあの展覧会でのことなんだけど、展覧会の中に光太郎の蟬《せみ》の彫刻があったのよね。その蟬がほんとにみごとなの。気軽にサクッと彫ったみたいなんだけど、それでいて、まるで生きているみたいに可愛《かわい》らしくて、私なんかもう魅了されちゃって、蟬の前を離れられないくらい……」

「ちょっと待って」

浅見はストップをかけた。

「もうちょっと簡略に願いたいな。その蟬と福島の殺人事件とどういう関係があるのか、なるべく手短かにね」

「分かってるわ。だけど、まずその蟬のことから話さないと筋道が立たないんだもの」

光子は不満そうに言って、それでもかなりの部分を省略して話して聞かせた。

浅見は終始「ふん、ふん」と相槌《あいづち》を打ちながら、熱心に耳を傾けた。時折、視線を空間にさまよわせ、眸がキラッと光る。光子は喋りながら浅見のそういう目に、ふっと引きこまれそうになるのを感じた。それは旺盛《おうせい》な精神生活を送っている男の目だ——と思った。

宮田にもそういうところがあったけれど、宮田のは病的といっていい、陰湿なものだ。浅見の眸にはまるで幼児のそれのように、好奇心に満ちたみずみずしさがあった。時折見せるきらめきは、何か着想を思い浮かべた瞬間を示しているのかもしれない。

「そう、その男は『違う』と言ったの」

光子が話し終えると、浅見は溜息《ためいき》をつくように言った。

「何が『違う』なのだろう？……」

「分からないのよね。まるで怒ったような強い口調だったから、もしかすると、あの蟬の彫刻が贋物《にせもの》で、そのことに腹を立てたのかとも思ったんだけど、でも、いくら見直しても、私にはあの蟬は素晴らしい作品だとしか思えなかったわ」

「その殺された男というのは、福島県の人間だったのかな？」

「ううん、そうじゃなく、広島県ですって」

「広島……、また『島』か。偶然にしろ、なんだか気味が悪いね」

「あら、ほんと……偶然かしら？　宮田さんも偶然だなんて言ってたけど……」

「偶然て、何が？」

「その『蟬』の男が光太郎ゆかりの地で死んだことだけど、そんなのはただの偶然だから気にすることはないって……。そのくせ、自分は福島へ行ったのよね……。それは事件とは関係ないのかしら？　……」

「ふーん、宮田さんはそんなことを言っていたの？　それはいつのこと？」

「六月末よ。福島の事件の記事を見て、びっくりして宮田さんのところへ飛んで行ったの。そしたらあの人、いとも冷淡に、『そんなのは僕には関係がない』とか言って、まるっきりばかにしたような目で見て……」

「ちょっと待って。その時のこと、詳しく話してみてくれないかな」

浅見は真剣なまなざしで言った。

「詳しく、なるべく細かいところまで、宮田さんがどういう口調でどんなことを話したかをね」

「えーっ？　そんなこと憶えていないわ」

「いや、そうでもないさ。人間、そう古いことでなければ、糸口をみつけてゆくと、案外いろいろと思い出すものだよ」

浅見に励まされるようにして、光子はその時の情景をポツリポツリ話した。浅見はじつに聞き上手に、熱心に耳を傾けた。結局、意気込んで宮田の家に行った光子が、軽くいなされたかたちで引き上げることになったところまで、ほとんど事実どおりに話すことができた。

「それからどうしたの？」

浅見はさらにその先を促した。

「それからって……、それで話はおしまい。とにかく偶然なんだって釘《くぎ》を刺されて、それであとは帰ったわ」

「ん？　そりゃおかしいな。さよならとか何か挨拶はしたでしょうが」

「ああ、そういうこと？」

「そう、無駄話だってあったんじゃない？」

「無駄話はしないわ。……ああ、大学のことを言ってたけど」

「大学のこと？」

「そう、姉の主人がK大の助教授なの。そのことをね、宮田さんが言い出して……、それから、劇団へ出掛けるとか言うから挨拶をして引き上げたんだけど……。そうそう、帰りに気がついたんだけど、宮田さんのところ、新聞はうちのと同じものを取ってるみたいなのよね。それなのに事件の記事なんかぜんぜん知らないようなこと言ってたの。あれおかしいと思ったわ」

「ふーん、それじゃ、その時点では福島行きのことなんか、まるっきり話に出なかったってわけ？」

「そうよ」

「変だねえ、福島へ行く予定があれば、福島県で起きたその事件に無関心でいるはずはなさそうなのに」

「でしょう？　やっぱりおかしいわよね」

「そうだね。それじゃひとつ調べてみるとするか」

「調べるって、じゃあ浅見くんは宮田さんの事件を調査するの？」

「うん、乗りかかった舟だしね。それにきみが疑いをかけられているかもしれないんだろ？　放ってはおけないもの」

「でも、調べるっていったって、どうやって調べるの？」

「そうだな。まずとにかく福島へ行ってみることにするよ。安達太良山《あだたらやま》に阿武隈川《あぶくまがわ》か、牧歌的だなあ……」

浅見の胸で、久し振りに旅情が騒いだ。

駒込駅から本郷通りを都心方向へ進むと、上富士の交差点を過ぎてまもなく、左手に吉祥寺の山門がある。吉祥寺といっても、いまは中央線の吉祥寺のほうが若者のあいだでは有名になってしまった。しかし、本来はここの吉祥寺こそが江戸時代から音に聞こえた、いわば本家本元なのである。

天和《てんな》二年の大火で家を焼かれた娘が、避難先で知り合った寺小姓《てらこしょう》との恋に狂って放火するという、例の八百屋《やおや》お七《しち》の物語の舞台になったのが、この吉祥寺で、中央線の吉祥寺（武蔵野市）はこの吉祥寺の門前に住んでいた人が移り住んだことに由来する。

その吉祥寺に近い古い五階建のビルの、一階は下水道工事の店で、その脇に上の階にゆく階段の入口がポッカリ開いている。そこの柱に「劇団轍《わだち》・5F」と書いた小さな看板が貼《は》ってあった。

ちょっと探したがエレベーターは無いらしい。そういうビルの五階なら、さぞかし家賃も安いのだろう。

五階にたどりつくと、開放されたままのドアから何やら威勢のいいやりとりが聞こえてくる。どうやら劇の練習らしい。アンダーシャツ姿の男やレオタードを着た女が、ある者は立ち、ある者は坐り、台詞のやりとりをしている。

中を覗《のぞ》き込んでいると、見咎めたのか、壁際にいた男がやってきた。三十五、六だろうか。痩《や》せて、その割には剝《む》き出しの腕など、筋骨たくましいという感じだ。

「何かご用でしょうか?」

男は突慳貪《つっけんどん》に訊いた。

「はあ、宮田さんのことでちょっと伺いたいことがあるのですが」

「あんた、警察の人？」

「いえ、ちがいます、友人関係です」

「そうですか。じゃあ、どうぞ入ってください」

板敷の練習場を通って、ガラス戸と衝立《ついたて》で仕切られただけのような、部屋ともいえない事務所に案内された。練習場の音はもろに聞こえてくる。事務所内には簡素な机やら椅子やらが並んでいる。男は折り畳み椅子を取ってきて、浅見にすすめた。

浅見が肩書のない名刺を渡すと、男は一瞥《いちべつ》しただけで、「風間です」と名乗った。

「それで、宮田さんの何をお訊きになりたいのです？」

少しキザに感じられる口調で言った。

「警察で聞いたのですが、宮田さんはこちらの劇団の方々とは、あまり個人的な付き合いをしていなかったそうですね？」

「まあ、そうですね」

「僕はよく知らないのですが、こういうところでは、人間関係が大切だと思うのですが、そうではありませんか？」

「いや、そのとおりですよ。ヒューマンコミュニケーションてやつです。しかし、宮田さんにはあの人なりの考え方があったんじゃないですか」

「そうすると、劇団のみなさんは、それを認めておられたということですか?」

「全部が全部、宮田さんに好感を持っていたかどうかは知りませんよ。しかし、宮田さんの芸術論には聞くべきものがあったし、その意味では誰もが一応、敬意を払っていたんじゃないですかねえ」

男は微妙な言い回しをしている。この言い方からだと、むしろ宮田がこの劇団の中で孤立していたことを感じ取ってしまう。

「劇団の女性の中に、宮田さんとのあいだで恋愛感情を持つような方はいなかったのでしょうか?」

「そんな人はいませんよ。だいたい、宮田さんは女性不信だったんじゃないかな。でなければ、ひそかに好きな女性がいたかどっちかでしょうね。女性には必要以上に厳しくしていたから」

「そんなに厳しかったとすると、憎んでいるような人もいたんじゃありませんか?」

「そんな――」

言いかけて、風間は妙な顔をした。

「あなたは宮田さんのことについて訊きたいと言ったが、そういうことを聞きたかったのですか？　だったらお話しするようなことはありませんから」

席を立ちそうになるのを、浅見は慌てて引き止めた。

「いえ、そうじゃないのです。じつは、宮田さんが高村光太郎の智恵子抄を戯曲化すると言っていたので、そのことについて話を聞かせていただきたいのです。宮田さんが光太郎の芝居をやりたいと考えた、そもそものきっかけは何だったのでしょう？」

「きっかけって……、まあ、いろいろあると思いますが、光太郎のアトリエがこのすぐ近くにあったというのも、何かの縁かもしれないし。それに、もともと宮田さんは光太郎に異常なほど傾倒していましたからね。光太郎の智恵子に対する愛のかたちに心酔していて、何かというとその話をしたがりました。そういう古典的な愛を描くことが理想で、いずれ機会があったらやりたいと思っていたんじゃないですか。ほら、そこに本が積んであるでしょう」

風間は机の端に積まれた書物を指差した。

「これは全部、光太郎と智恵子に関する資料です。宮田さんは半年ほど前から資料を集めたり、直接、著者の先生なんかを訪ねたりして、だいぶ精力的に準備をすすめていたようですよ」

浅見は本の背表紙の文字を読んだ。「緑色の太陽・高村光太郎」「小説智恵子抄・佐藤春夫」「高村光太郎研究・草野心平」「高村智恵子——その若き日・松島光秋」「高村光太郎の芸術と愛・柴山亮吾」「ふるさとの智恵子・佐々木隆嘉」「詩人の妻——高村智恵子ノート・郷原宏」その他数冊。

「これを全部読んだのでしょうか?」

「もちろんですよ。こと光太郎に関しては、宮田さんは劇作家というより、一種の研究者みたいなもんでしたね。求道者と言ったほうがいいくらいです」

「劇団のほかの団員の方は、宮田さんを手伝ったりはしなかったのですか?」

「していませんね。というより、口を挟む余地がなかったんじゃないかな。宮田さんがいやがりますからね。そういう点、宮田さんという人、ちょっと性格的に問題ありだったことは事実です」

「亡くなる前に、高村智恵子の生地である、福島県に行った形跡があるのですが、そのことは知ってますか?」

「いや、知りません。しかし、そういうことがあっても不思議ではないですね」

風間は「それじゃ、これで」と椅子を後ろに引いて立ち上がった。

礼を言って事務所を出ると、練習場の団員たちの目が、いっせいにこっちを睨んだ。

第三章　光太郎の根付

1

真杉家に妙な電話がかかりだしてから、一週間たった。不在でもないかぎり、電話には伸子が出る習慣だ。いまのところ、夫がその怪電話に出た様子はなかった。最初のうちは間違い電話かと思っていたが、三度四度と重なると不安になった。

ベルが鳴って、出ると、「真杉さん？」と言う。「はい、そうですが」と答えると、しばらく黙ってから、電話を切る。そういうのが日に一、二度あった。

いたずら電話だと思ったが、いやらしいことを言うでもなく、ただこちらの名前を確かめるだけなので、いきなり怒鳴りつけるのもどうかと思った。それに、声の感じにどことなく聞き憶《おぼ》えがあるような気がした。いや、たしかにどこかで聞いた声だ。いまにも思い出せそうだが、なかなか知った顔に結びつくところまではいかない。とはいえ、もしかすると、知り合いの誰《だれ》かである可能性がある以上、へたな応対はできない。

しかし、今日の電話はそれまでのとは違った。はじめて用件らしいことを言ったのである。中年男らしい野太《のぶと》い、あまり感じのいい声ではなかった。

――奥さん、宮田さんを知ってますね？

「ええ……」

と答えたが、宮田の名前が出たことで、伸子はドキリとした。

（警察かしら？――）

――それじゃ、なんで電話したかも分かりますね？

男は続けて、言った。

「いいえ、分かりませんけど、何のご用ですか？」

――とぼけてもらっちゃ困りますね。

「とぼけてなんかいません」

（失礼な――）と伸子はムッとして、少し強い口調になった。

――じゃあ言いますが、宮田さんから預かったものを渡してもらいたいんですがね。

「はあ？　何のことか分かりませんわ。宮田さんからは、何も預かっていませんよ」

――だめだめ、隠しても。こっちは宮田さんから聞いて知ってるんですからね。

「何かのお間違いじゃありませんか？　宮田さんは何も預けていませんよ」

――奥さん、本気でとぼけようっていうんですかい？

「とぼけているわけではありません。それより、あなたはいったいどなたですか？　あまり変なことを言うと、主人を呼びますわよ」

――へえー、そいつは面白いですな。先生に知られちゃ、具合の悪いことになるんじゃありませんか？

「どういう意味ですか！」

――いろいろゴタゴタしないほうがいいんじゃないかって言ってるんですよ。先生はいま大事な時なんだし。

仲子は驚いた。真杉民秋にとって、たしかにいまは大事な時期なのだ。教授昇格を目前に控えて、つまらないゴタゴタなど、ないほうがいいに決まっている。そういう事情を知った相手だとすると、短気を起こして騒ぎ立てるような軽率なことは感心しないかもしれない。

もっとも、民秋自身はたとえ仲子に怪しげな電話があったことを知ったとしても、いわれのない嫉妬《しっと》に狂うようなおそれはない。その点だけは仲子は安心していた。

嫉妬心が愛情の裏返しだとするなら、民秋は私を愛していないのかもしれない――と、ときどき伸子は思うことがある。伸子の夫・真杉民秋はおよそ嫉妬心とは無縁のような、どこか超越したようなタイプの男だ。

歳《とし》が七つ上――というだけではない、やはり性格的なところからきているのだろう。妻を信用しているとか、そういう次元のことではなく、嫉妬しなければならない状況そのものが、民秋のイマジネーションの中には含まれていないのかもしれない。

かといって、民秋はセックスに淡泊というわけでも決してなかった。回数はそう多くはないけれど、夜の生活は時間をかけて丹念に仕上げるやり方だ。たとえていうなら、民秋の得意とする古典文学の講義のように、筋道を立てて理詰で攻めてくる。きわめて帰納法的で無駄がないといえばいえた。

ただし、その代わり、激しさや飛躍には欠ける。文字どおり十年一日のごとく同一パターンの繰り返しなのである。それを物足りないとは、しかし伸子は思ったことがなかった。あえていえば、子供が出来ないことだけが寂しいけれど、それはそれで一つの運命なのだから仕方がないと割り切っている。

かえって妹の光子のほうが気にかけて、どうして子供を作らないのかとせっつく。

「真杉さん、抱いてくれないの？」

などと、際どいことを平気で口にする。いくら妹とはいえ――いや、妹だからこそ、伸子は夜の生活のことを推量されたり、話題にされたりするのはいやなタチだ。それほど男性遍歴があるとは思えない光子が平気な顔で、かなりあからさまなことを言うのに、セックスを連想させる間接的な表現を聞いただけでも、伸子は顔が火照《ほて》るほど恥ずかしい。

民秋は学問の虫といってもよかった。大学にいるか、まれに研究のための旅行に出る以外は、書斎に籠《こも》って、調べものと執筆に没頭していることが多い。

日中、時には夜でも、伸子が外出しても文句を言ったためしがない。伸子の小学校時代の同窓生が男女とり混ぜてやってきても、知らん顔をしているか、手の空《す》いている時には伸子と一緒になって歓迎した。伸子が昔、マドンナ的存在であって、憧《あこが》れの的だったことなどを、男共がいけしゃあしゃあと言いたてるのを聞いても、かえって喜んでいるような他愛のなさだ。

もちろん、民秋自身、浮気などはしたことも、する気になることもまるっきりないらしい。そういう真面目《まじめ》で穏やかな夫と共に暮らしながら、比較的自由に振る舞うことのできるいまの生活に、伸子はほぼ満足しきっているといってよかった。

怪電話は「また明後日の晩かけますよ。それまでにどうするか、考えておくことですな」と言って切れた。

電話のあと、いくら考えても男の言っている意味が分からない。宮田治夫から何かを預かったという事実はまったくないのだ。

宮田とはセンチュリーホテルでの同窓会で会ったきりである。その時、宮田と伸子はたしかに個人的な話をする場をもった。話の内容は光子を紹介するということだった。その後は、同窓会の席上、みんなと一緒に歓談したのを最後に、宮田とは会っていない。

光子の話によると、宮田とのデートは伸子がお膳立《ぜんだて》した高村光太郎・智恵子《ちえこ》展の時、ただ一度きりなのだそうだ。その報告も、宮田の口からは聞かされないままになってしまった。

あの怪電話の男が誰にせよ、宮田が、預けもしないものを預けたというわけはないと思った。だとすると、宮田が「何か」を預けたのは別の人間なのではないだろうか？

（光子かしら？――）

妹に預けたと言ったのを、あの男が聞き違えるかして姉のほうと勘違いしている可能性はあるかもしれない。

伸子は光子に電話して、さり気なく、宮田から何かプレゼントのような物をもらったか預かったかしたことがあるかどうか、訊《き》いてみた。

――そんなもの、何もないわよ。

光子は憤然として言った。

――それどころか、宮田さんのおかげで、刑事が来たりして、迷惑してるんだから。

刑事がアリバイ調べに来たことを言った。

――私なんかより、姉さんのほうへ行くべきなのに……。よっぽどそう教えてやろうと思ったけど、黙っていて上げたわ。

「やあねえ、そんな脅《おど》かすようなこと言って。だけどあなた、アリバイなんて、大丈夫だったの？」

――あたりまえよ。もっとも、浅見くんが証明してくれたおかげだけどね。

「浅見くんて？」

――ほら、昔、中学の頃《ころ》かな、光光コンビなんて言ってた子、いたでしょう。

「ああ、あのちょっと可愛《かわい》い子？」

――そうそう、その浅見くんの兄さんの娘のところに、ほんとに偶然なんだけど、いま家庭教師に行ってるのよ。あの人、探偵みたいなことをやってるらしくて、警察なんかぜんぜん怖くないらしいわ。助かっちゃった。

「その様子だと、あなた、浅見くんにいかれてんじゃないの？」

――へへへ、多少は気があるかな……、なんちゃって。

宮田の死のことなんか、光子にとっては何ら屈託の材料にはなっていないらしい。伸子にはそれが羨《うらや》ましくも憎らしくもあった。

光子でないとすると、「預かり物」の行方に思い当たるものがなかった。

伸子は同窓会に集まった顔触れを思い浮かべて、宮田と接触していた人物を特定しようと努めた。

(駒田さんかしら？——)

ふとその名前と顔が思い浮かんだ。宮田が熱心に話し込んでいたのが駒田勇という男だった。小学校時代にそんな親しい間柄とは思えない二人が、ほかの連中と離れるようにして、隅っこのテーブルで、何やら真面目な顔をして語りあっていた姿が脳裏に蘇《よみがえ》った。

伸子は少し躊躇《ためら》ってから、駒田の電話番号を調べてダイヤルした。

駒田独特の人のよさそうなのんびりした声が「ああ、伸子ちゃん、どうしたの？」と返ってきた。中年の人妻を摑《つか》まえて「伸子ちゃん」などと呼ぶのも駒田ならではだ。

「なんとなく駒田さんの声を聞きたくなったもんだから」

伸子も子供っぽく、気安い口調で言った。

——へえー、嬉《うれ》しいことを言ってくれるなあ。だけど、宮田に恨まれちゃうかな。

「やあねえ、どういうこと、それ？」

――いや、宮田が伸子ちゃんのこと好きだったのは、おれだって知ってるよ。

「やめてよ、そんなの」

伸子はなかば本気で怒ってみせた。

――ははは、ごめんごめん、そういえば気味が悪いよね。死んじまった人間に惚《ほ》れられてたなんてさ。

「そうよ、いやだわそんなの。だけど、宮田さんで思い出したけど、同窓会の時、宮田さんと駒田さん、ずいぶん熱心に話してたみたいだったわね。あれ、何を話してたの？」

――ああ、あれ？　あの時は根付《ねつけ》の話をしていたんだ。

「根付の話？……」

――そう、おれんち木彫《きぼり》の職人だろ。いまはそれほどじゃないけど、代々根付も作っているんだよね。そしたら、最近になって、うちに来て、高村光太郎の根付っていうのがないかどうか、やけに熱心に訊いていたな。

「それだけ？」

――ああ、それだけだよ。だけど、それがどうかしたの？

「ううん、そうじゃないけど、あの時、宮田さんが駒田さんに何か渡しているみたいに見えたもんで、何か預かったのかな、と思ったものだから」

——預かった？　いいや、何も受け取ったりしていないよ。

妙なことを言う——と言いたげだった。伸子は慌てて、とんちんかんな挨拶《あいさつ》で誤魔化《ごまか》して、電話を切った。

光子にも駒田にも「関係ない」と撥《は》ねつけられたような気がして、伸子はしだいに心細さがつのってきた。このまま明後日の晩、またあの怪電話がかかってくるのを待つのはやりきれない。さんざん考えあぐねたあげく、もう一度、光子に電話をした。

「さっきミコちゃんが言ってた浅見くんだけど、探偵みたいなことやってるの？」

——うん、けっこう優秀みたいよ。宮田さんの事件のことも調べるとか張り切っていたけど。

「えっ？　宮田さんの事件？」

——うん、警察に私がアリバイなんか調べられたでしょう。だから、そのためにも事件を解決して私の身の潔白を証明してくれるんですって。

「ふざけないでよ」

——でも、調べるっていうのはほんとうよ。明日は福島のほうへ行くとか言ってたから。

「福島？」

——高村光太郎のことなんかに関係があるから、まず福島県から始めるんですって。

「えっ？　高村光太郎？……」

奇妙な符合に、伸子は驚いた。

2

通勤ラッシュにかからないようにと、浅見は早朝に家を出た。浦和《うらわ》の料金所までスイスイと走って、東北自動車道に入る。むしろハイウェイに入ってからのほうが車の量は多いように思えた。ウィークデーだというのに、若者同士や親子連れのマイカーがむやみに目につく。

（そうか、夏休みが始まっているのか――）

浅見はようやく気がついた。フリーのルポライターという職業は、ともすると日常的な生活感を失ってしまいがちだ。

浅見は最近、3ナンバーのソアラに乗り換えた。五百万という外車なみの価格と、むこう三年間のローンは憂鬱《ゆううつ》だが、さすがに性能も乗り心地も抜群で、福島までの距離も苦にならない。

郡山《こおりやま》を過ぎると、左手に安達太良山《あだたらやま》が見えてくる。

智恵子抄にはこの安達太良山のことを何度も書いている。もっとも有名なのは、「智恵子は東京に空が無いといふ」で始まる『あどけない話』という詩であろうか。しかし、安達太良と阿武隈《あぶくま》川を描いた作品としては、『樹下の二人』がある。

あれが阿多多羅山、
あの光るのが阿武隈川。

ここはあなたの生れたふるさと、
あの小さな白壁の点点があなたのうちの酒庫《さかぐら》。
以下略――

妻・智恵子の故郷を賛美する美しい詩である。高村光太郎はこの中で「阿多多羅山」と書いているけれど、これはどうやら光太郎の勝手な当字であって、「安達太良山」が正しい。この辺り一帯は古く万葉の頃から「安達《あだち》」とよばれたところである。「安達ヶ原の鬼《おに》婆《ばば》」でもよく知られる。安達の語源はアイヌ語の「アタタ（乳房の意）」で、安達太良山の頂上の形が乳房に似ているのでそうよばれたとする説もあるが、真相ははっきりしないらしい。逆に、安達地方の象徴的な最高峰――安達の太郎――から山の名が安達太良になったとする説のほうがふつうの解釈かもしれない。

安達太良は智恵子がこよなく愛した、姿の美しい山だが、もともと那須《なす》火山帯に連なる火山として、過去に何度も活発な噴火活動を繰り返している。ことに明治三十二年の噴火では、山間《やまあい》にあった硫黄《いおう》精錬所を直撃して、八十名中、生存者がわずか三名という悲劇の歴史も残っている。

東北自動車道を「二本松《にほんまつ》」インターで降りて西へ、安達太良山の山懐へ登ってゆく途中に「岳《だけ》温泉」がある。岳温泉は現在二本松市に属し、「岳温泉一丁目～四丁目」までの地番がある。といっても「丁目」という呼称から想像するような街ではなく、そのほとんどは山林である。二本松の市街地からほんのわずかの距離だが、標高六〇〇メートルの高原にある温泉で、「東北の軽井沢」などともよばれているそうだ。

光子が言っていた「蟬《せみ》の男」が死体で発見されたのは、岳温泉へゆく登り坂の途中に架かる橋の下の沢である。藪《やぶ》や灌木《かんぼく》に覆い尽くされたような沢で、よほど水量が多い時でもなければ、そこに川があることに気がつかない程度のものであった。

浅見はひととおり現場を覗《のぞ》くと、すぐUターンして、この事件を扱っている二本松警察署を訪れた。

二本松市は西に安達太良山を仰ぎ、南に阿武隈川を望む城下町である。市街の北側の岡《おか》で有名だ。

にある霞ヶ城《かすみがじょう》は足利《あしかが》時代に築城され、江戸時代には丹羽《にわ》氏十万石の居城として栄えた。戊辰《ぼしん》の役の戦いで城を枕《まくら》に討ち死にした「二本松少年隊」の悲劇は、会津《あいづ》の白虎《びゃっこ》隊とならんで有名だ。

二本松署の玄関脇《わき》には「岳温泉殺人事件捜査本部」の張紙が大きく掲げられていた。浅見が光子に聞いた時点では、「蟬の男」の事件は「変死」として報じられているということだった。その後まもなく、自殺や事故死とするには、状況が不自然なのと、後頭部に転落時のものとは考えられない打撲痕《こん》が認められたことから警察は殺人事件と断定し、捜査本部を設置したようだ。

捜査本部では谷山という警部補が応対した。東京から来たフリーのライターと聞くと、露骨に迷惑そうな顔になったが、浅見が兄の伝《つて》でもらってきた警視庁広報課長の名刺を見せると、態度がガラリと変わった。

「そういうことなら、現在まで分かっているところはお話ししましょう。といっても、マスコミさんに発表してあること以外には、大して話すようなことはありませんが」

谷山警部補はそう前置きして話しだした。

「殺されたのは広島市南区大州《おおず》に住む著述業、富沢宏行という男性で、四十九歳。死体が発見されたのは六月二十九日の午後でした。ちょうど梅雨《つゆ》の豪雨が心配される時季でしてね、水防関係の職員が二人で、沢の状態を見回りに歩いていて、たまたま橋の下に転落している被害者を発見したのです。死後二、三日を経過して腐敗も進行しておりましたが、藪に隠れるような場所だったもんで、発見が遅れたのでしょう。原因は頸骨骨折《けいこつ》、ただちに広島のほうに連絡したところ、富沢さんには家族がなくて、離婚した元の妻が岡山県かどこかにいるだけということです。まあ、そういうこともあって、捜査が手間取っているわけですが、すでに一カ月近くも経過したというのに、手掛りといえるようなものがまだ出ていないような有り様でして……」

いくぶん言い訳じみて聞こえる。

「富沢さんは著述業だったそうですが、どういったものを書いていたのでしょう？」

浅見は訊いた。

「主として業界紙などに企業の御用記事を書いていたのだそうです。しかし、生活が荒れていて、最近では出版社のほうで敬遠して、書かせてもらうチャンスが少なくなっていたとかいうことですよ。ただ、富沢さんは美術や、骨董《こっとう》などを取り扱うアルバイトが結構あったもんで、食うに困るほどのことはなかったらしい」

「富沢さんが福島に来た目的は何だったのでしょうか？」

「それがいまだにはっきりしていないのです。富沢さんは著述業のほうも美術品関係もほとんど一匹狼《おおかみ》で、仲間との付き合いはあまりしないタチなのですな。それに、ああいう人たちは自分たちだけの情報を持っておって、隠密裡《おんみつり》に行動するケースが多くて、そんなもんで、いま誰がどこで何をやっておるのか、知ってる者がいないのがふつうだそうです。ただ、富沢さんと比較的親しい出版社の人間が、このところ富沢さんは根付に興味を持っていて、その方面の研究であちこちと旅行する機会が多かったから、福島に来たのもその関係ではないか——という話でした」

「根付、ですか？」

「そうです、根付です。知ってますか？」

「ええ、あまりよくは知りませんが、要するに、時代劇によく出てくる、印籠《いんろう》なんかにくっついているヤツでしょう？」

「そうそう、水戸黄門《みとこうもん》の印籠にも、たしか丸いビー玉みたいのがついていますな」

「あんなものを調べて、どうしようというのでしょうか？」

「ははは、あんたもそう思いますか。私もじつはあんなものと思っていましたがね、その根付というのが、結構ばかにならないらしいのですよ。美術工芸品としての価値がなかなかのものなのだそうです」

根付についての知識は、浅見にはあまりなかった。美術工芸品としての価値があるといっても、どれほどのものか想像もつかない。

「それで、富沢さんのこちらでの足取りは摑めたのですか？」

「それがまだどうもはっきりしないのです。六月二十六日の夕刻頃、それらしい人物を二本松駅付近で見たという話はいくつかキャッチしたのですが、どれも不確かな情報でしてね、果して富沢さんにまちがいないかどうか、断定できていません。ただ、二、三の目撃者に共通しているのは、その人物が登山帽の男と一緒だったという話です」

「登山帽の男、ですか」

「そうです。最近ではあまり流行《はや》らないようなタイプの典型的な登山帽だそうです。それを中年の男が被《かぶ》って、痩《や》せた小柄な男――つまり富沢さんと見られる男ですな――と喋《しゃべ》っていたとか、並んで歩いているのを見た――というような話なのですがね」

「並んで歩いて、どっちへ行ったのか分かりませんか？」

「いや、それははっきりしません。いずれにしても、最終的には岳温泉のほうへ行ったことは確かなのだが、二本松駅から真直《まっす》ぐ現場へ行ったかどうかは不明ですな」

「殺されてから行ったということはありませんか？」

「つまり死体遺棄《いき》ですな。いや、それはないです。転落の際に沢の岩などで受けた傷には、明らかに生活反応ってやつがありました。橋から突き落とされて死亡したか、少なくとも、犯行は橋の付近で行なわれ、まだ息のあるうちか、死亡状態になってすぐに転落させられたものと見てよろしいでしょう」

「駅前付近で目撃されてから、死亡推定時刻までの時間はどれくらいなのでしょう?」

「それもはっきりはしないですな。死亡推定時刻にも幅があるし、なにしろ目撃談そのものがあやふやなものでありますのでね」

「登山帽と瘦せた小柄な男という取り合わせは、かなり目につく風体だったと思いますが、駅付近以外で目撃者が現われないというのは不思議ですねえ」

「おそらく車か何かに乗って移動したのでしょうな」

「たしか、二本松市の隣が安達町でしたね」

「そうです。北隣が安達町です」

「そっちのほうは聞き込みの対象になっているのでしょうか?」

「むろんなっておりますが、まだ地取り捜査は完全とはいえんと思いますよ。……しかし、安達町がどうかしました?」

「いえ、そうではありませんが……、安達町といえば、たしか高村智恵子の故郷ではなかったですか?」

「そうですそうです。よく知ってますな。長沼さんという、智恵子さんの実家があったところですよ」

谷山警部補はいかつい顔をほころばせて、嬉しそうに言った。「智恵子さん」などと呼ぶのは浅見の母が「光太郎さん」と呼ぶのと共通している。

「もしかすると、谷山さんは安達のご出身ではありませんか？」

「そうなのです、智恵子さんと同じ大字《おおあざ》油井《ゆい》で生まれました」

「そうですか。それじゃ、智恵子さんの生家付近のことには詳しいですね？」

「ああ、よく知っております。もっとも、いまはすっかり変わってしまいましたがね」

「長沼家や智恵子さんゆかりの人は、いまでもそこに住んでいるのですか？」

「いや、直接の身内の人はおりません。その当時を知る人も、ほとんどいなくなったのではないでしょうか。智恵子さんが亡くなってから五十年近くになるし、私なんか生まれる前の話ですからなあ」

「長沼家はその後、どうなったのでしょうか。たしか造り酒屋をやっていたのでしたか。光太郎の詩にもありますね、『小さな白壁の点点が……』とかいう」

「ああ、あの酒屋はとうの昔に没落してしまったのでしょう。いまはその家は『及善』さんという菓子屋さんになっています。ここから近いですから、行ってみたらどうです？　旧奥州街道沿いの表通りですので、すぐ分かりますよ」

「そうですね、そうしてみます。ところで、もしできれば、あの辺のことに詳しい土地の方を紹介していただけるとありがたいのですが」

谷山警部補は快く土地の長老を紹介してくれた。

智恵子の生家跡は二本松の市街地といってもいいような、街並のつづきにあった。軒下に朽ちかけた杉玉がぶら下がって、造り酒屋の面影を残す、古い格子づくりの二階屋であった。店先に「及善食品」、店の脇には「智恵子の生家」と書かれた看板が出ている。谷山警部補は「菓子屋」と言っていたが、雑貨や土産物も商っているらしい。若い観光客が数人、店に入って、何やら楽しげに買物をしていた。

浅見は店の前を素通りして、その少し先の、谷山が教えてくれた家を訪れた。

佐野というその家の老主人は、ずいぶん気難しそうに見えたが、谷山からすでに連絡が入っているのか、愛想よく家に招じ入れてくれた。

「谷山の倅《せがれ》の話だと、何かわしに訊きたいことがあるとかいうことでしたが」

老妻がお茶を運んでくるのを待ちきれずに、佐野老人は訊いた。

「この辺には智恵子さんゆかりの家が多いのでしょうか?」

「ゆかりの家と言えるかどうか、わしのとこもそうだが、付き合いのあった家は多いには多いが、親戚《しんせき》とか、そういったものはありませんな」

「そうすると、智恵子さんや高村光太郎の作品がこちらのほうに残っているということもないのでしょうか？」

「さあなあ、あるかもしれませんが、わしら聞いたことがありませんなあ。長沼家は早くに没落してしまったですからな。高村光太郎さんも智恵子さんも、こちらにみえたことがあっても、温泉場に滞在しただけだったで、作品を残すほど仕事はしなかったのではないかなあ」

言いながら、老人は妙な顔をした。

「ああ、そしたら、そのことを訊いて廻《まわ》っていた人というのは、あんただったかね？」

「は？……」

浅見は内心ドキッとしながら問い返した。

「誰か、同じようなことを訊いて廻った人がいたのですか？」

「ん？　そうかね、あんたとは違ったかね。この月の初めの頃、光太郎の根付を持っておる家はないかとか、訊いて廻っておる人がいたそうだが」

「光太郎の根付……」

浅見はいよいよ驚いたが、努めてさり気なさを装って言った。

「いえ、僕ではありません。しかし、そうですか、根付を探して廻っていたのですか。それはどういう人でしたか？」

「いや、わしは直接は知らんが、この先の徳丸さんという郷土史家の先生の家に来て、そんなことを訊いていたそうだ。先生からわしのところに電話で訊いてきたですよ」

「その先生のお宅を教えていただけますか」

「ああ、そりゃ構わんですが、しかし、あの先生も根付のことは知らないようですぞ」

「その光太郎の根付というのは、どういうものなのですか？」

「はあ？　なんだ、あんたは根付のことは知らんのですか」

「根付は知ってますが、光太郎の根付というのは初耳です」

「そりゃ、わしも聞いたことはなかったですがな。しかし、高村光太郎さんが根付を作っておったとしても不思議はないでしょう」

「はあ……、なるほど、たしかにそうでしょうねえ」

浅見はよく分からないまま、ともかく、相槌《あいづち》を打っておいた。

3

徳丸先生は佐野老人よりいくぶん歳若《としわか》という程度の、こちらはまた人のよさそうな老人であった。

「あれはたしか、七月四日の朝だったと思いますよ」

日記をひろげながら言った。

「前の日に町の教育課に電話で聞いて、私なら知っているのではないかということで見えたそうです。しかし、お役には立てませんでしたな。私も高村光太郎の根付というのは見たことも聞いたこともないですからね。もちろん、この辺りにそういったものが残っているという話もありません。ここは智恵子さんの故郷だが、正直、残念ながら光太郎や智恵子さんの作品といったものには、まるで縁がないのですよ」

「佐野さんは、光太郎の作品に根付があっても不思議はないと言われたのですが、高村光太郎がそんなものを作っていたというのは、ちょっと考えられません。その点はどうなのでしょうか？」

浅見は訊いた。

「ああ、それはまあ、光太郎は彫刻家ですからな、木彫の小品にそういうものがあっても不思議ではないかもしれません。あの人のお父さん——高村光雲——は根付をかなり作っていたそうだし、血筋ということなら、そのとおりでしょう」

「ところで、光太郎の根付を探していた人というのは、どういう感じの人でしたか？」

「そうですなあ、おたくさんよりは少し年配でしたかな。瘦せ型で、眼《め》が鋭く、ちょっと神経質そうな感じの人だったが」

「この人ではありませんか？」

浅見は宮田治夫の写真を見せた。光子に姉のところから借りてもらった同窓会の記念写真を複写して、大きく引き伸ばしたものだ。細部《ディテール》はボケているが、特徴ははっきり分かる。

「ああ、この人ですよ」

徳丸は即座に言った。

「まちがいなくこの人ですが……、しかし、この人が何かしたのですか？」

「殺されたのです」

浅見はあっさり言った。徳丸は「えっ？」と目を丸くした。

「殺された……。いつ誰にです？」

「犯人はまだ分かっていません。死体が発見されたのは八日ですが、殺されたのは五日頃だそうです」

「五日というと、私が会った翌日ではないですか」

「そうです」

「それじゃ、この近くで、ですか？」

「いえ、現場は島根県です」

「島根県？　するとあちらの人でしたか」

「いえ、この人は東京の人です。今月の初めにこちらに来て、それから島根県のほうへ行ったのだと思います」

「はあ……、そうですか……」

「それでお訊きするのですが、この人は先生に何か島根県のことについて話していませんでしたでしょうか？」

「いいや、べつに何も……」

徳丸は写真に視線を戻し、「この人がねえ……」と吐息をついた。

「どういう事情でそういうことになったか知りませんが、人間のいのちというのは、あっけないもんですなあ……。この人にも奥さんやお子さんがいたでしょうになあ」

「いえ、この人は独身です。両親と兄弟はいるそうですが」

「そうでしたか。まあ、そう言っちゃなんだが、奥さんがいなくてよかったですな」

その「奥さん」にひょっとしたらあの野沢光子がなっていたかもしれないのだ――と浅見は漠然と思った。

朝、出掛ける際には岳温泉に一泊ぐらいはするつもりだったが、徳丸老人の家を出ると、浅見にはもう事件の謎《なぞ》を調べようにも何のアテも無くなった。宮田治夫は三日と四日にかけてこの辺りで「光太郎の根付」を尋ね廻った形跡がある。しかし、いまの浅見と同様何の収穫もないままこの地を離れ、島根へ行って殺されたのだ。

一方、「蟬の男」富沢宏行が二本松に来てから岳温泉で死ぬまでの行動は、警察が調べてくれるだろう。

浅見は佐野老人の家と二本松署に立ち寄って挨拶だけすると、東京へ向かって東北自動車道に乗り入れた。

それにしても、宮田が島根県へ行った目的は何だったのだろう？　二本松と島根県の江《ごう》津《つ》とのあいだには、どういう接点や関連があるのだろう？

高村光太郎と智恵子のことについて、浅見はいろいろな文献を繙《ひもと》いてにわか仕込の勉強をした。しかし、そのどこにも島根県という文字が出てくることはなかった。

不世出の「巨人」高村光太郎は東京・下谷（現台東区）の生まれである。福島県安達郡油井村（現二本松市）で生まれ、東京の日本女子大を卒業した長沼智恵子と知り合って、さまざまな紆余曲折《うよきょくせつ》のあと、結婚する。その間のエピソードは佐藤春夫の『小説智恵子抄』などに描かれている。上高地でひと夏を過ごし、世間の誹《そし》りを受けながら愛をたしかめあったというような話もある。

結婚してからの高村夫妻の生活はさらにドラマチックだ。

結婚から智恵子の死に至るまでの高村夫妻の愛はきわめて純粋で、ことに『智恵子抄』は光太郎の智恵子に対するひたむきな愛をあますところなく描いている——というのが通説だし、一般的にはそのことを疑う者などいないようにみえる。

しかし、浅見はほんとうにそうなのだろうか？——と、少し疑問を感じないではなかった。光太郎の智恵子抄は、いわば光太郎の一方的な台詞《せりふ》を集大成したものであって、実際のところ、智恵子の側がどういう考えをもっていたのかについては、憶測するしかないのである。

智恵子という女性は、当時のいわゆる「新しい女」であった。少なくとも「新しい女」になろうと懸命に努力した女性であった——と浅見は思う。平塚らいてう等《ら》が出した同人雑誌「青鞜《せいとう》」第一号の表紙絵は智恵子の作品である。智恵子が光太郎との結婚を夢見《ゆめみ》、成就したといっても、そのままいわゆる糟糠《そうこう》の妻として平凡な生涯を送ることに甘んじるような女性ではなかったはずだ。

智恵子は自らも芸術家たらんとして、巨人・光太郎に負けまいと背伸びし、もがき、苦しんだにちがいない。智恵子は結婚後もかなりのハイペースで絵を描こうとした。「描こうとした」という意味は、彼女の作品は殆《ほとん》ど完成することがなかったという意味である。

智恵子はおそらく、光太郎の目で自分の作品を見てしまったのだろう。巨人の厳しい視点に立って見れば、どの作品もいかにも稚拙で見すぼらしく思えたにちがいない。

昭和の初め頃から、しだいに智恵子の精神に変調が現われてくる。昭和六年、光太郎は一カ月におよぶ三陸《さんりく》旅行に出る。どのような目的や理由があろうと、心を病む妻を独り残して、一カ月も家を留守にするというのは異常だ。『智恵子抄』に見られる「純愛」と大きく矛盾するように、浅見には思えてならない。

結果、智恵子は孤独に耐えきれず服毒自殺を決行する。幸い一命はとりとめたが、精神の病は決定的なものとなり、ついに昭和十三年十月に死ぬまで、回復することはなかったのである。

それはともかくとして、昭和三十一年にその波瀾《はらん》に満ちた生涯を閉じるまで、高村光太郎が島根にその足跡を残したという記述は、資料・文献のたぐいのどこを引っくり返しても、見当たらなかったことは事実だ。詳しく調べれば、講演旅行などで出掛けたことはあるのかもしれないけれど、かの地で作品を制作するほどの期間は滞在した気配はない。

光太郎は海外留学をべつにすれば、東京より東ないし北の方角への旅行がほとんどである。前述の上高地を除けば、会津、三陸などすべてその方角だ。智恵子が病気療養したのも千葉県の九十九里海岸である。

　昭和二十年に東京駒込の家を戦災で失い、岩手県花巻《はなまき》の知人宅に寓居《ぐうきょ》するが、そこもまもなく戦災に遭う。その後しばらくの期間、岩手の山村の小屋のような家に独りで住んだ。光太郎はそのまま生涯をその地で送るとまで決意した時期もあるのだが、やがて東京に帰還、昭和三十一年に永眠する。

　まったく島根県には縁がないし、ことに晩年の光太郎は制作活動すらほとんど行なわなかったとさえいわれる。

　それなのに、宮田治夫は島根へ向かった。光太郎の根付を尋ねあぐねていた宮田が、なぜ突然のように、まるで方角が逆の島根県へなど行ったのか――。

（いったい、島根には何があるというのだろう？――）

　浅見はしだいに、その疑問が抑えがたい好奇心へと醸成《じょうせい》されてゆくのを感じていた。

　東京に戻ると、光子の伝言が待っていた。

「すぐに電話してくださいっておっしゃってましたよ」

　兄嫁が探るような目付きをして、言った。

　野沢家に電話すると、待ってましたとばかりに光子が出て、「あ、お帰りなさい」と、それこそ女房のような挨拶をした。

「何か急用だそうだけど？」

——ええ、ちょっと耳よりな話を聞いたもんだから、浅見くんもきっと聞きたいだろうと思って。

「何なの、それ？」

——あのね、うちの姉から間接的に聞いたことなんだけど、宮田さん、福島へ出掛ける一週間ばかり前、高村光太郎の作った根付のことを、さかんに調べていたっていうの。

「えっ？　何だって？……」

浅見は思わず怒鳴るように言った。電話の向うで「キャッ」という、光子の大袈裟《おおげさ》な悲鳴が上がった。

——やめてよ、そんな大きな声を出すのは。耳が痛くなっちゃったわ。

「あ、悪い悪い。ちょっと驚いたもんだからね」

——あら、そんなに驚くようなことなの？

「ああ、ちょっと事情があってね。まあそのことはともかく、宮田さんが根付のことを調べていたって、それ、どういうこと？」

——姉の小学校の時の同級生に、根付師の息子さんがいるの。その人に姉が電話した時、宮田さんの話が出て、いま言ったようなことを聞いたんだって。

「その根付師ってどこにいるの？　名前は何ていうの？」

——駒田さんとかいったと思うけど、詳しいことは姉に直接訊いてみて。姉も何か、浅見くんに話したいことがあるような口振りだったし。

光子は伸子の家の電話番号を教えた。

すでに午後九時を過ぎていたが、浅見は躊躇《ちゅうちょ》なく電話のボタンをプッシュした。「399」という局番は荻窪《おぎくぼ》辺りだろうか。広い家なのか、ベルの音を六、七度聞いてから男の声が応答した。生真面目な口調で「はい真杉です」と言っている。

「夜分、恐縮ですが、私は光子さんの友人の浅見という者です。奥様はいらっしゃいますか?」

夜分に男性からの電話は穏やかでない。浅見は努めてきちんとこっちの素性をはっきりさせた。「光子の友人」というのがよかったのか、それとももともとそういうことに拘泥《こうでい》しない性格なのか、真杉氏は愛想よく「しばらくお待ちください」と言い、離れたところに向かって「おーい、伸子」と、のどかな声で呼んでいる。

伸子は浅見の名を聞くと、親しい調子で、しかし、礼儀正しい言い方で「いつも光子がお世話になっております」と挨拶した。

「じつは、光子さんに聞いたのですが、宮田さんが駒田さんという方に根付のことで何か訊いておられたそうですね」

——ええ、そのことでしたら聞いております。

何かちぐはぐな応答だった。ことによると、背後にいる夫に聞かれては具合の悪いことなのかもしれない、と浅見は感じた。

「それで、そのことについて詳しいことをお聞きしたいと思って電話しました。話していただけますか?」

——ええ、そりゃもう差支えありませんわ。でも、お電話ではなんですから、一度お会いしたほうがいいですわね。もしよろしければ、わたくし、明日の午後、新宿に出ますから、その折にでも……。

伸子は浅見の返事を待たずに、新宿伊勢丹《いせたん》にほど近い日本料理の店を指定した。

——光子にはわたくしのほうから連絡をとっておきますわ。

最後に、やや声を張り上げるような言い方をしたのも、やはり不自然で、夫の耳を意識した演技のように思えた。それに、単に高村光太郎の根付の件だけならば、何もわざわざ料理店で待ち合わせをしなければ話せないような内容とも思えなかった。何か電話では言いにくい事情でもあるのだろうか?

浅見はまるで初恋の相手にでも会いにゆくような、心ときめくものを感じた。

4

仲子が指定した店は、新宿の喧噪《けんそう》の中にこんな静かな空間があるのか——と思えるような、落ち着いた雰囲気の料理店であった。昼食時刻をはずして待ち合わせたので、店の中は閑散としていた。

光子の姉とは子供の頃、同じ小学校に通っていた時期があるはずだが、浅見にとっては初対面といっていい。仲子に会った第一印象は、「美しい人」であった。光子も美人だが、仲子には光子に足りない女の色気のようなものが、そこはかとなく匂《にお》う。

「浅見さんのこと、光子から聞いています。子供の頃からずいぶん秀才でいらしたそうですのね」

顔を合わせたとたん、いきなりそう言われて、浅見はすっかり照れてしまった。日頃、母親には秀才はおろか、エリート官僚の兄・陽一郎と比較されて、愚弟の典型みたいに扱われているのが実情なのだ。

「じつは、最初にお断りしておかなければいけないんですけれど、今日、ここに伺うのに、主人には光子の縁談の先様にお目にかかると申してありますのよ。ですから浅見さんもそのおつもりで」

「はあ……」

浅見は返事のしように困った。

「でも、こうしてお目にかかると、ほんとうに光子のお相手になっていただけたらって、そう思いますわ」

「はあ、そう思っていただけて光栄です」

「ほんとに？　あの子、ちょっと嫁き遅《い》れてますけど、姉の私が言うのもなんですけれど、容姿もまあまあだし、気立てもさっぱりしているし、自慢の妹なんですのよ。浅見さんでしたら気心も知れているみたいだし、きっとピッタリだと思いますわ。よかった、いいお相手にめぐり会えて。じゃあ、このお話のほうも進めさせていただいてよろしいかしら？」

「いや、それはその、そんな……」

浅見はみっともないほどにうろたえた。話がとんでもないほうへ暴走してしまう。かといって、「そんなことはまったく考えていません」とも言いにくい状況になっていた。

「あ、あの、そのお話はべつの機会にするとしてですね。ところで……」

浅見は相手のことを何と呼んでいいものか戸惑って、「あの……お姉さんは……」と言いかけると、「まだそうお呼びになるのは早いでしょう」と優しく睨《にら》むようにして冷やかされた。

（参ったな——）

浅見は苦笑するしかない。

「仲子と呼んで下さい」

「はあ……。では、仲子さんは宮田さんとは親しかったのですか？」

「そのお話は、お食事のあとでもよろしいでしょう？」

仲子は言って、メニューを一瞥《いちべつ》すると、

「ここの松花堂弁当がとっても美味《おい》しいの。浅見さんもそれになさいな」

一方的に決めて、さっさと注文した。歳は五つしか違わないはずだが、それよりはるかに年長者のように振る舞う。

ところが、そういった威勢のよさや、饒舌《じょうぜつ》や、いつも絶やさない微笑とは裏腹に、仲子は食事にほんの少し手をつけただけで、どことなく屈託した気配を感じさせている。そのことを浅見は奇異に思った。

食事を終えてお茶を飲みながら、もうそろそろいいのではないか——と思ったが、仲子はなかなか用件に触れたがらない。浅見がそれとなく水を向けるのに、仲子がそのつどはぐらかすように話題を変えてしまう。

話が途切れて、浅見も催促がましいことを言うのを諦《あきら》めた頃になって、仲子は突然、口を開いた。

「じつはね浅見さん」

仲子はそれまでの笑顔を引っ込めて、憂鬱そうな真顔になっている。

「私、いまちょっと困っているんです」

それからやや間を置いて、思い切ったように言った。

「脅迫されているんです」

「脅迫?……」

浅見は思わず声をひそめた。

「誰に、ですか?」

「それが、はっきりしないんですのよ」

「いったい何を脅迫されているのですか?」

「それも、正直に言って、思い当たることがないんです」

「?……、しかし、それだったら、脅迫されるいわれはないのじゃありませんか?」

「そうなんですけど……」

仲子の聡明《そうめい》そうな眉《まゆ》はひそめられ、言葉もほとんど愚鈍といっていいほどに停滞を繰り返している。

浅見は前屈《まえかが》みになっていた背をスッと伸ばして、伸子とのあいだに距離をとった。相手の決断を引き出すための、これは一種のテクニックであった。

伸子はその浅見の策略に乗るように、眉を上げて言った。

「浅見さん、私の相談に乗ってくださいますか？」

「ええ、もちろん、僕にできることでしたら何なりと」

「あの、光子から聞きましたけど、浅見さんは探偵のようなこともなさってらっしゃるんでしょう？」

「はあ、職業としてではありませんが」

「でもそのほうがいいんです。探偵社なんかに頼むのはいやだし、それに私たち姉妹のことをよく知っている方のほうが何かと相談もしやすいですし……。ただし、秘密は守ってくださるのでしょうね？」

「それは当然です。しかし、僕にできるようなことなのでしょうか？」

「それは何とも言えませんわね。第一、私自身、いったい何がどうしたのか、ほんとに分からない状態なんですから」

「前もって確認しておきたいのですが、その脅迫というのは、宮田さんの事件に関していることなのですね？」

「ええ、そうなんです」

仲子は「ふーっ」と溜息《ためいき》をついた。

「結論から言ってしまいますと、一昨日の夜、知らない男の人から電話があって、『宮田さんから預かった物を渡して欲しい』って、そう言うんです」

仲子は一連の怪電話のことを話した。

「はあ、なるほど。それで、預かった物というのは何なのですか」

「それが何のことやら分からなかったので、そう言うと、『とぼけてもらっちゃ、困る』って、脅迫じみたことを言うんです」

「分かりました。しかし、もしほんとうに何も預かっていないのなら、脅迫を気にすることはないのではありませんか？　警察に通報するなりして、脅迫者を捕まえたらいかがです？」

「いいえ、それはまずいですわ」

仲子は夫の民秋が教授昇進を控えたこの時期に、騒ぎを大きくするのは望ましくないことを説明した。

「それに、警察沙汰《ざた》にしても無駄なんじゃありません？　だって、相手は何も金品を要求しているわけではないでしょう。ただ、預けた物を返して欲しいって言っているだけですもの」

たしかに伸子の言うとおりかもしれない。恐喝の事実があるわけでもない状況では、警察が関与するわけにはいくまい。

「それで浅見さんに、どうすればいいのかご相談しようと思ったんですの。先方は私が何かを預かったと誤解しているようですし、いくらそうじゃないって説明しても聞き入れようとしないでしょう。こういう場合、どうすればいいのかしら?」

「会ってみたらいかがですか?」

浅見はあっさり結論を言った。

「会うって、あの怪電話の男に?」

「そうです。とにかく会って、こちらの事情をちゃんと話してやるしかないですね」

「いやですよ、そんな得体の知れない男に会うなんて。何をされるか分かりゃしませんもの」

「それじゃ、僕が会いましょう」

「でも、浅見さんが出て行ったりして、向うがヘソを曲げて、変に騒ぎ立てるようなことをしないかしら?」

「それはあるかもしれませんが、やむを得ません」

「それでは困るんです」

「だったら、やっぱり伸子さんがお会いになるしかないです。ただし、僕がひそかにボディーガード役を勤めましょう」

「ほんと？　それならいいですけど……。でも、光子に叱《しか》られないかしら……」

伸子は頰《ほお》に笑みを浮かべて、コケティッシュに浅見を見た。べつに意識したわけではないのだろうけれど、伸子には先天的に男を蕩《とろ》かすような色気が備わっている――と浅見は背筋にゾクッとするものを感じた。

「ところで、光子さんから聞いたのですが、宮田さんが駒田さんに、光太郎の根付のことを訊いていたというのはどういうことなのでしょうか？」

「ああ、あれね。そうそう、浅見さんは昨日、福島のほうに高村光太郎のことを調べにいらっしゃったんですって？　ほんと、偶然てあるものなのねえ」

「はあ、まったく……」

相槌を打ちながら、浅見は苛立《いらだ》った。伸子に会ってから、もうさんざん待たされている。早く肝心なことを聞きたいのだ。

「でも、私はそのこと、詳しくは知らないんですのよ。たまたま電話して、駒田さんにその話を聞いただけですもの。宮田さんがやけに熱心に高村光太郎の根付のことを聞いていたという、それだけのことなんです。詳しいことは直接、駒山さんにお聞きになって」

「駒田さんのお宅はどこですか？」

「千葉県の柏《かしわ》市。待って、手帳に住所が書いてありますから」

　伸子から駒田の住所・電話番号を聞くと、浅見はすぐに席を立った。

「あら、これからすぐにいらっしゃるの？」

「ええ、そのつもりです」

「じゃあ、怪電話のほうは？」

「かかってきたら、お会いになる日時と場所を決めてもらってください。なるべく二、三日以降がいいでしょう」

　それだけ言うと、浅見はテーブルの上の伝票を摑んで、伸子に背を向けた。気持ちはもう、駒田家に向かっている。

第四章　鳴き砂の町

1

柏の市街地から国道十六号線を南へ少し行くと、小さな住宅団地が点在する。背の高いマンションなどはない、木造家屋ばかりが肩を寄せあったような団地だ。その一つに駒田家があった。

駒田勇は鼻下に髭《ひげ》を蓄え眼鏡をかけた、年齢不詳のような男であった。もし真杉伸子と同学年であることを知らなければ、五十歳ぐらいに思えたかもしれない。

玄関を入った右側の八畳ばかりの部屋が仕事場で、駒田はそこに浅見を案内した。板敷の部屋の中いっぱいに、ところ狭しと道具や材料が置かれている。床に坐《すわ》り込んでする仕事らしく、そういう仕事机が二脚あった。駒田はそのうちのドアに近い側の擦り切れたような座蒲団《ざぶとん》に坐り、浅見には客用の上等の座蒲団を勧めた。

「どなたか、もう一人、仕事をなさっていらっしゃるのですか?」

浅見は空いている机を指差して、訊《き》いた。

「ああ、あっちは親父《おやじ》です」

駒田は言った。

「親父は駒田柳之といって、僕の口から言うのもなんですが、根付《ねつけ》や木彫《きぼり》の世界ではちょっと知られた人間です。僕の師匠でもあるのですよ」

「では二代にわたって、このお仕事をなさっているのですか」

「いや、四代です。江戸末期に曾祖父《ひいじい》さんが始めたのが最初で」

「では、ずっと根付師の家柄なんですね」

「初代の頃《ころ》はそうだったようですが、祖父と親父の時代は根付なんてまるっきり駄目で、置物や欄間《らんま》なんかの木彫が主体でした。この頃になって、根付がちょっとしたブームみたいなことになってきましたがね」

「いま、根付はブームなのですか?」

「ええ、といっても、ほとんど外国での話ですがね。ほら、浮世絵がそうだったでしょう。日本人は自分の国の美術工芸の価値に気がつかないのです。いま、アメリカを中心にヨーロッパ各国で根付の蒐集《しゅうしゅう》がものすごいブームなのですよ。このごろは円高でお金がダブついてきたせいか、日本人の中にもようやくコレクターが増えてはきましたがね」

「僕にはよく分からないのですが、根付というのは、印籠《いんろう》の紐《ひも》の先についている丸い玉みたいなものでしょう？　そんなこと言うと叱《しか》られるかもしれませんが、あんなものが、蒐集の対象になるというのが、ちょっと理解できません」

「ははは、それはあなたの認識不足というものですよ。もっとも、現在の日本人の一般的な知識なんて、その程度でしょうけれどね。実際、根付は煙草《たばこ》入れや煙管《きせる》を帯にぶら下げて歩くための、いわば日用品ですから、芸術的価値を云々《うんぬん》するのはおかしいのかもしれない。だからこそ、日本人がその価値に気付かなかったとも言えるのです。ところが、外国人は違うのです。それが日用品であることなど知らずに、純粋に美術工芸品として手に取った。これは見事な細工だと思った。もちろん、本来は日用品ですから、あなたの言うように丸い玉でしかない根付もあるにはありますが、彼等《かれら》が目をつける物にはそういうものはないのです。まあ、説明するより、実物を見ていただいたほうがいいでしょう」

駒田は小引出しの中から布にくるんだものを出して、ひろげた。親指ほどの背丈の、十二単衣《ひとえ》の女性像であった。

駒田の手から渡されると、持ち重りがする。素材は象牙《ぞうげ》だそうだ。

「題は『虫の音』というんですがね」

駒田に言われて気がつくと、女性は﨟《ろう》たけた白い顔をやや傾けるようなポーズである。きっと庭先で啼《な》く虫の音に聴き入っているのだろう——と想像させる。黒髪の豊かさ、女性の成熟を想《おも》わせる柔らかな曲線、十二単衣の質感などがじつによく表現されている。その上に目鼻口など、顔の表情もじつに精緻《せいち》なものであった。

「これが根付なのですか？」

浅見は感嘆の声とともに、率直な疑問をぶつけた。

「根付といえば、丸い玉みたいなものだとばかり思っていましたが」

「そう、最初はですね。つまりものの用に立てばいいということなら、丸い玉や棒状のものに紐を通して、帯から抜け落ちないようにしさえすればいいわけですからね。しかし、だんだんそれだけでは物足りなくなってくるのが文化というやつです。そこへもってきて、江戸幕府の奢侈《しゃし》禁止令というのが出た。江戸の粋人たちは、さり気ないお洒落道《しゃれどう》を追求して、たとえば着物の裏地などを豪勢なものにしたように、人目につかない根付に惜しげもなく金をかけたのです。豪商や大名までが根付師を抱えて、自分だけの逸品を持ち歩くことで妍《けん》を競った。優秀な木彫師や絵師《えし》など奢侈禁止令のあおりを食って失業していたのが、みんな根付師に転業した。だから優れた作品が数多く残っていて当然なのです。明治になって、文明開化ということで、江戸文化は一気に廃《すた》れ、同時に紙巻煙草の出現で煙管や刻《きざ》み煙草も消え失せてしまったから、必然的に根付も消えてしまいました。以来、根付文化にとって、長いトンネルの時代が続いたのですよ」

「それがいま、ブームなのですか?」

「ただし、さっきも言ったように外国で——ですがね。戦後、進駐軍の情報局員として来日したアメリカ人が、たまたま夜店で買った根付の素晴らしさに魅せられたのが、根付ブームのきっかけです。やはり浮世絵の場合と同じように、日本人は根付の価値に気付かないまま、文字どおり二足三文で質のいい根付を売ってしまったのです。これはいかにもアメリカ人らしいと思うのですが、彼等にとって、根付のいいところは、単に美術品としての価値が高いというだけではないのです。根付のよさはこの小ささにあるというのですね。つまり、これならいくつでも簡単に持ち運びができる。第一、税関を通っても問題にならない。財産税の対象にもならない。といったような理由で、日本中にあった何千何万という根付のほとんどが、すでに海外に流出してしまったのです」

駒田は残念そうに唇を嚙《か》んだ。

「すると、根付というのは、現在はかなりの値段なのですか?」

「いいものは天井知らずの値がつけられていますね。このあいだロンドンで開かれたオークションでは、一説によると一億を超えたものが出たそうです」

「一億……」

浅見は掌《てのひら》の上の根付を眺めて、啞然《あぜん》とした。このちっぽけな彫刻に一億円とは――。

「ははは、これは親父の作品で、現代根付としてはトップクラスですが、それでもたかだか百万程度ですよ」

駒田は笑った。

（それにしても百万円か――）

浅見は驚きが沈静するどころか、しだいに興奮が高まってきた。

「ところで、亡くなった宮田さんが、駒田さんに根付のことをいろいろ訊いていたそうですね？」

「ああ、よくご存じですね。そうなんですよ。同窓会の時に僕が根付をやっていることを話したのですが、それからしばらく経《た》って、とつぜんうちにやってきて、高村光太郎の根付について、かなりしつこく質問して行きました。妙な男だなと思っていたのですが、そしたら、ああいうことになって。なんだか、僕にも責任があるような気持ちがしたものですよ」

「は？……」

浅見は駒田の言った言葉に、ちょっと引っ掛かった。

「駒田さんが責任を感じるとは、どういうわけですか？」

「いや、そんなのは思い過ごしでしょうけどね。宮田が石見《いわみ》へ行って死んだということが、何か意味があるように思えて、気になるのですよ」

石見はつまり、現在の島根県のことである。それは分かるが、なぜそのことに意味があるというのだろう？

「石見だと、どうして気になるのですか？」

浅見は訊いた。

「石見の根付に魅《ひ》かれて、あっちへ行ったのではないかと、そう思うからです」

「石見の根付？……」

「ああ、浅見さんは知らないのでしたね。これは失礼しました。石見地方は江戸時代に根付の産地として、ごく短い期間ですが優《すぐ》れた作品を産《う》み出した土地なのです。根付には、江戸根付、上方《かみがた》根付、伊勢《いせ》根付といった具合に、その土地その土地に根ざしたオリジナリティがありますが、石見根付は、外国のマニアのあいだでは『イワミスクール』という名称で呼ばれるほど、根付文化の中で独自の地位を誇示したといってもいいでしょう」

駒田は席を立って、背後の書棚から一冊の本を取り出した。百科事典を思わせるような分厚い本で、『根付の分類』という表題がついている。日本文だが、著者はなんとアメリカ人であった。

「これが石見根付の代表的な作品です」

駒田が開いたページのいちばん上の写真版を見た瞬間、浅見は思わず「あっ」と叫びそうになった。

そこには黒光りした「蟬《せみ》」の姿があったのだ。駒田は浅見の動揺には気付かずに、話を続けた。

「作者は清水巌《しみずいわお》という人ですが、この人を初代とする、親子三代にわたる根付師一家です。三代を通して『清水巌』としている説もありますが、僕はそれぞれ個性のある作品を残していると思いますよ」

「この蟬……」

「ああ、浅見さんはなかなか目が高いですね。清水巌の作品の中でも、まさにこの蟬の根付が最高傑作といわれるものです。じつに精密に蟬の姿を捉《とら》えていますね。いまにも飛び立ちそうに思えるでしょう。現在、この作品がどこにあるのかも知りませんが、生涯一度でいいから、ぜひこの眼《め》で見たいものですねえ」

駒田は写真の上を、指先でいとおしそうに撫《な》でた。

浅見にとって、まったく予期していなかったものが出てきた。銀座の高村光太郎・智恵《ちえ》子《こ》展で光子と宮田が見た蟬の木彫と、この写真の「蟬」との間に、何か繋《つな》がりがあるのだろうか？――。もしかすると、じつはこの「蟬」が光太郎の「蟬」そのものなのではないだろうか？――。

「あの……」

浅見は喉《のど》が渇き、声が掠《かす》れた。茶を一口啜《すす》ってから、言葉を続けた。

「高村光太郎も根付を作っていたというのは、ほんとうなのでしょうか？」

「あれ？　同じことを宮田も言ってましたよ。最近、光太郎の根付が発見されたという話を聞いたらしいのです。僕は見たことはないが、高村光太郎が根付を作ったとしても不思議はないだろうと答えましたがね」

それは福島の佐野老人の答えと、そっくり合致している。

「光太郎には小さな木彫品がたくさんありますが、それらは題材といい、表現の仕方といい、まさに根付の影響を受け継いだものといっていいでしょう。父親の高村光雲は根付そのものを数多く作っているし、それを見ながら育った光太郎はもろに根付師の血を引いているのですからね」

「その光太郎の根付があるとして、島根県にあるということは考えられますか？」

「島根県に光太郎の根付が――ですか？　つまり石見の国ですね？　さあ、そういう話は聞いたことがないが……。いや、島根県に光太郎の根付はないんじゃないかな。根付どころか、向うに光太郎の作品があること自体、まったく聞いたことがありませんよ」

「しかし、宮田さんはこの写真を見たのでしょう？」

「ええ、見せましたよ、あなたにお見せしたように……」

言いながら、駒田はふっと思い当たったように言った。

「ああ、浅見さんは、宮田が石見に光太郎の根付を探しに行ったのではないかと、そう思ったのですね？　だったら違うでしょう。島根県へ行った用件が根付に関係しているとしたら、それは清水巌の根付を見に行ったのだと思いますよ。うちに来て、この本を見た時の驚きようといったらなかったですから。ただし、実際に根付を見に行ったものかどうかは知りませんがね」

浅見は分からなくなった。宮田は島根に何をしに行ったのだろう？――。

「ちょっと参考までにお訊きしますが、もしこの清水巌の作品に値段をつけるとしたら、だいたいいくらぐらいになるのでしょう？」

「うーん、難しい質問ですねえ。こういうものは値段があってないようなものですからねえ。猫に小判ということわざもあるし、興味のない人には三文の値打もないけれど、好事《こうず》家《か》にとっては垂涎《すいぜん》の的《まと》ですからね。しかしまあ、常識的に言って、オークションでは数千万は固いでしょう」

「もし、高村光太郎の根付があるとしたら、どうでしょうか？」

「ははは、ますます難問ですねえ。光太郎は世界的に著名な彫刻家ですからね。むろん、古いものほど値が張るのがふつうだが、彼の作品となれば特別でしょう。やはり数千万というところかな。いや、ほんとうに惚《ほ》れ込んだら、金に糸目はつけないんじゃないですか。なにしろ、世界に一つあるかないかということになりますからね」

浅見は溜息《ためいき》をついた。世の中にはまったく知らない世界があるものだ。こんな小さな工芸品に数千万円の値がつくとは――。

しかし、もしそういう価値とブームがあるとしたら、その世界の裏側には犯罪が行なわれる素地があるのではないだろうか。この可愛《かわい》らしい美術品を巡って、おぞましく血なまぐさい争いがあっても、それこそ何の不思議もないように思えてきた。

2

「怪電話の男」がこっちの要求を容《い》れて、会談に応じるかどうか、じつは浅見も半分以上は疑問に思っていた。

――もしだめだって言ったら、どうしましょうか？

仲子は男からの電話連絡を恐れて、何度も浅見に電話してくる。

「その場合は高飛車に出てやっていいでしょう。それがいやなら話はこれっきりだ――とでも言ってください」

――そんな強いこと言って、大丈夫かしら？

「大丈夫ですよ。こっちは向うの話をまるで拒否しようというわけではないのですから。もしテキがそれでもいいと言うようなら、よほどその『預かり物』に執着している証拠です。それならそれで、また対応の仕方が考えられますしね」

ところが、怪電話の男はあっさりＯＫを出した。もっとも気掛りだった待ち合わせ場所は、なんと新宿中央公園。それも日盛りの午後二時を指定してきた。仲子にしてみれば、真昼間の公園なら、そんなにびくつくことはない。

「ずいぶん紳士的ですねえ」

浅見にはかえってそれが薄気味悪くさえあったし、テキの魂胆も読めるような気がした。

新宿中央公園は――というより、新宿中央公園のある新宿副都心のほとんどは、かつて淀橋《よどばし》浄水場だったところだ。超高層ビルがニョキニョキ建ち並び、整備された道路が重なりあっている。日本でもっとも近代的な都市景観といっていいこの場所が、ほんの三十年ばかり前までは、東京の水道を潤《うるお》す巨大な水瓶《みずがめ》だったことを知る者は、だんだん少なくなってゆく。浅見光彦だって、そんな時代のことは知りはしないのだ。浅見より若い者は、もはやこの風景は太古から変わっていないとでも思っているのかもしれない。

約束の日浅見は広い高架道路の上の、伸子と「怪電話の男」が待ち合わせる場所を見通すことのできる位置にソアラを停《と》めた。この辺は駐車が比較的自由で、道路脇《わき》にはズラッと車の列が続く。場所を確保するために、浅見は約束の二時間前から待機している。

怪電話の男がどこからどのように現われるか想像がつかない。万全の態勢で臨まなければならなかった。防眩《ぼうげん》ガラスの上に少し隙間《すきま》を作って、そこから高性能の双眼鏡で、指定の場所を監視する。双眼鏡とは別に、狭い床に三脚を立て、一〇〇〇ミリの望遠レンズを装着したカメラも用意した。

二時ちょうど、パラソルをクルクル回しながら伸子がやってきた。それは浅見への到着の合図のつもりだ。

すでに夏休みまっさかりだというのに、このばかげた暑さのせいで、公園の人影は疎《まば》らだった。木陰のベンチも空いている。伸子はその一つに坐って、不安そうに辺りを見回している。おそらく、浅見がどこに潜んでいるか、確かめようとしているのだろう。しかし、たとえこの場所にいることが分かっていても、向こうからこっちの姿を確認することなどできっこない。

二時を十分過ぎた。

ベンチに向かって、若い男が大股《おおまた》に歩いてくるのが見えた。

（あれだな――）

浅見は直感で思った。伸子の話していた怪電話の男とは歳恰好《としかっこう》がまるで違う印象だが、それでかえって、その男が伸子の相手だという気がした。怪電話の主《ぬし》本人が現われるとは、まったく考えていなかった。

若い男は伸子に何か話しかけ、ベンチに並んで坐った。真杉伸子であるかどうか確認したのだろう。

この暑さにもかかわらず、男はブルゾンを着ている。襟元の内側をしきりに気にしているのが、なんだか不自然な動きだ。

（マイクを仕掛けているな――）

浅見はピンときた。ワイヤレスマイクを使っているとなると、この付近のどこかに怪電話の男が隠れて、二人の会話をキャッチしていることが考えられる。ワイヤレスマイクの性能からいって、それほどの距離はないはずだ。

浅見は双眼鏡を動かして、それらしい人物の姿を求めた。おそらくベンチの二人とのあいだに遮蔽物《しゃへいぶつ》のない場所を選んでいるにちがいない。

(あ、あれだ――)

浅見の双眼鏡が公園のはずれにあるケヤキの向うに立つ、中年の男を捉えた。ベンチからは百メートル近くもあるだろうか。そこはすでに公道である。

男はむこう向きに佇《たたず》んで、頭にヘッドホンをつけ、一見したところ、ラジオ放送かカセットテープを聴いているように見える。浅見は望遠レンズをそっちへ向け、ファインダーの真中に男のクローズアップを収め、男がこっちを見たらすぐさまシャッターを切れる状態にカメラを固定した。

伸子と若い男の会話は続いていた。若い男はメモのようなものを見ながら、何事か質問しているらしい。ここからではもちろん、何を喋《しゃべ》っているのか、想像もできない。浅見は若い男を時折視野に収めながら、注意の主体をヘッドホンの中年男に向けた。

若い男は立ち上がった。伸子に危害を加える気配はない。中年男の存在を知っているのかいないのか、まったく無視した様子でスタスタと元来た方角へ歩き去った。伸子はしばらく、気の抜けたように坐り込んでいたが、おもむろに立ち上がると、パラソルをクルッと回して、歩きだした。

問題の中年男はすぐには動かない。伸子が立ち去るのを確認してから、ようやく向きを変えた。浅見は立て続けにシャッターを切った。双眼鏡を放り出し、カメラにしがみついて、男の動く方向をレンズで追った。〇〇〇ミリの画面は狭く、油断すると男は視野の外へ出てしまう。実際、ピンボケもブレもない画像を捉えていたのは、ほんのわずかの時間だけだった。しかし男はいちどもこっちを向くことはなかったから、完全に男の人相が分かる写真はなさそうだ。

その間に若い男のほうは青梅街道の方角へかなり行ってしまった。浅見は車を発進させて、若い男を追いかけた。

ちょうどうまい具合に、淀橋警察署の前で追いついた。浅見は車を道路脇に寄せて停め、ドアを飛び出すと、男の前に立ちはだかった。

「きみ、待ちなさい」

少年といっていいほどの若い男だった。浅見の勢いに脅《おび》えたように、体をすくめたが、逃げだす気配はなかった。チラッと警察の建物を見上げたのは、むしろ襲われた時に逃げ込むことを考えてのことらしい。臆病《おくびょう》でひ弱そうな感じだ。

「きみ、いま女の人と会っていたね」

「ええ」

青年は従順に答えた。場所が警察の前だけに、浅見を刑事か何かかと思ったのかもしれない。

「誰《だれ》に頼まれたの?」

「知りません」

「知らないとは、どういうこと?」

「家に電話がかかってきて、それで頼まれたんです」

「電話で?」

「ええ、はじめはいたずらかと思ったんだけど、前金を半分送ってきて、あとは仕事をやってからだって……」

「仕事って、どういう内容だったの?」

「だから、さっきの場所で女の人と会って、質問事項を聞くようにって。ワイヤレスマイクを送ってきて、それをここに隠して」

青年はブルゾンの裏側を見せた。市販のごくふつうのワイヤレスマイクだ。

「何を質問したのか、メモを持っていたね」

「はあ……」

仕方がなさそうに、青年はメモ用紙を出して浅見に渡した。

「あのオ、何か犯罪に関係があるのでしょうか？　ぼく、知らないで、ただのバイトのつもりでやったんですけど」

「まあ悪意はなかったのだからいいでしょう。ただ、住所と名前だけは聞いておこうか」

浅見は住所・氏名をメモして、青年を解放した。

浅見はそこから真直ぐ、新宿でデザイン会社をやっている友人のところへ行った。撮影したばかりのフィルムを預けて、大至急現像してくれるよう、頼んだ。

そうしておいて、伸子との待ち合わせ場所である、いつかの日本料理店へ向かう。

伸子は浅見の日焼けした顔を見て、張り詰めていたものが崩れ、いまにも泣き出しそうになった。

「やあ、ご苦労さまでした」

浅見は陽気に言って、伸子と向かいあいに坐った。

「松花堂弁当の大盛りというのはないですかねえ。とにかく腹がへりました。昼飯抜きで二時間半、じっと待ちましたからね」

「まあ、二時間半も？……」

伸子はそのことを知らない。素人《しろうと》探偵の浅見が、自分のためにそこまでやってくれたことに感動した。歳下の、妹の同級生でしかなかった浅見が、にわかに頼もしい男性に見えてきた。

「浅見さんの言うとおりにしたつもりですけど、うまくいったのですか?」

不安そうに訊いた。

「ええ、バッチリでしたよ。若い男が来たでしょう。あれも僕が想像していたとおりでした。怪電話の男が顔を見せるはずはない、きっと誰か代理人を仕立てるだろうなと思っていましたから。おまけにメモを見ながら話していましたね」

「そうなんです。まるで下手なインタビューをしてるみたいに、たどたどしく質問するんですの。誰に頼まれたのか訊いてみたら、僕も知らないんだって、頼りない若者なんですよね」

「いま捕まえて聞いてきました。学生アルバイトか何かのつもりでやったのでしょう。依頼主の顔も見たことがないのだそうです。電話で頼まれて、金は半金先払い、残りはあとで送金するという契約でした。質問内容もこのメモに従って聞いたようですね」

メモには質問内容が箇条書になっている。
1、宮田から預かり物を受け取ったか。
2、受け取った物は何か。
3、いつ、どこで、どういう理由で受け取ったのか。

4、おって連絡する。

「結局、浅見さんに言われたように、預かり物はないけれど、いただいた物はあるって答えました。そうしたら、それは何か、いつ、どこで、どういう理由で貰《もら》ったのかって、いろいろ細かく質問するんですのよ。全部浅見さんが考えられたとおりの質問でしたから、割とスラスラ答えることができたけれど、それがかえって不自然だったのじゃないかしらって、なんだか心配でもう、疲れましたわ……」

ほんとうに疲れきったように、伸子は肩を落とした。

「いや、心配することはありません。たいへん名演技でした。怪電話の男も満足そうでしたよ」

「えっ？……、じゃあ、怪電話の男がどこかにいたんですの？」

「ええ、伸子さんの後ろ、約百メートルぐらいのところにいました。写真も撮ってありますから、あとで見てください。それより、いまは早く食事をしたいですね」

浅見は待ち遠しそうに店の奥──調理場のほうを窺《うかが》った。とたんに、頼もしいはずの名探偵が、いたずら盛りの坊やみたいな顔になった。

食事を終えると、浅見は伸子を車に乗せて友人のオフィスへ行き、出来上がったばかりで、印画紙が生乾《なまがわ》きのような写真をもらった。写真はあの悪い条件としては、まずまずされいに撮れていた。

車に戻り、伸子に写真を見せる。

「どうですか、怪電話の主はおそらくこの男だと思いますが、見憶《みおぼ》えはありませんか?」

男は四十代半ばぐらいかといった感じだった。スポーツシャツで、頭にヘッドホンを載せている妙な恰好だが、べつに人品骨柄がいやしいような印象はなかった。少なくとも外見にかぎっていえば紳士といってよさそうだ。

「そうですねえ……、これだとちょっと分かりにくいですけど……、でも、どこかで見たことのある顔みたいな気も……」

伸子は写真に見入った。たしかにどこかで会った記憶のある男だ。しかし知人という感じではない。前頭葉の辺りで記憶が疼《うず》いているようでいて、しかし思い浮かばない。もどかしさに、伸子は両手を擦り合わせた。

「そんなに急がなくてもいいですから、ゆっくり思い出してください」

浅見は笑いを含んだ口調で言った。

「ええ、でも、すぐここまで出かかっているみたいなんですけど……」

「どこか、その辺でお茶でも飲みながら、思い出しましょうか」

浅見は車を走らせた。

新宿中央公園脇の坂を登ると、右手にセンチュリーホテルがそそり立つ。ここなら駐車場も完備していて都合がいいのだけれど、かりにも人妻と一緒にホテルの喫茶ルームを利用するのはまずいかな――と浅見が思った時、伸子が「あっ」と叫んだ。

「そうだわ、あそこで見たんだわ！」

「えっ？　どこでですか？」

浅見は思わずハンドルを握る手がブレた。

「あの日――六月二十二日、同窓会のあった日なんです。センチュリーの喫茶ルームで宮田さんとお茶を飲んで、ちょっと席を外して妹に電話したんですけど、その時、隣の電話で喋っていた紳士がこの写真の主です。この顔、絶対まちがいないと思いますわ。立派な服装しているのに、若い子が使うみたいな変な言葉を使ったので、よく憶えているんです」

伸子は興奮して、一気に喋った。

「宮田さんと一緒だったんですか？」

浅見は対照的に冷静な口調で言った。言いながら、ハンドルを回してセンチュリーの地下駐車場へ向かう。

「ええ、時間が早すぎて、それでお茶でも飲もうかということになって……」

（そうだわ、あれが宮田さんと会った最後の日になったんだわ——）

仲子がふっと感慨に襲われて、急に黙りこんだ。

エレベーターでロビーに上がり、喫茶ルームに入った。外の熱気から遮断されたとりすましたような空間の中で、大勢の人々が醸《かも》し出す華やいだ雰囲気が、いまの仲子の気持ちには煩《わずら》わしく思えた。

「あそこの電話ですね？」

浅見はロビーの隅の黄色い電話が並ぶコーナーを指差した。

「ええ、そうです。あそこで見たんです」

「さっき仲子さんは、その紳士が変な言葉を使っていたって言いましたけど、どんなことを喋っていたのですか？」

「話の内容じゃないんですけど、たしか『マジでか？』って相手に訊いていました。ちょうど、妹が電話の中でまったく同じように『マジで？』って私に言った時だったものだから、びっくりしてその男の顔を見たんです」

「なるほど、この紳士がそう言ったんですか。たしかに『マジ』なんて言う人物のようには見えませんよねえ……」

「でも、人は見掛けによらないって言いますから、この人、ヤクザか何かかもしれませんわよ。だって脅迫みたいなことをするくらいですもの」

「それはそうですが……」

浅見は写真を見ながら、伸子の言うように、この写真の男がヤクザやそれに類するような人間とは思えなかった。

「あっ、そうだわ！……」

伸子はもっと重大なことを思い出して、思わず大きな声を出してしまった。

「忘れてましたけど、この人があの時の紳士だとすると、宮田さんを知ってる人なのかもしれません」

「え？　ほんとですか？」

これには浅見も驚いた。

「ええ、たぶん。その時、私がお手洗いに寄って、喫茶ルームの脇を通りかかって、何気なく中を見たら、宮田さんとその紳士が何か話していたんです」

「話していたって、どんな様子でしたか？」

「どんなって言われても……どうだったかしら……。あまり親しそうではなかったと思いますけど。もしかしたら初対面だったのかなっていう感じで……」

「脅迫されているような感じはありませんでしたか？」

「いいえ、そんな感じはありません」

「いずれにしても、この男ともういちど会えば、伸子さんは分かりますね？」

「もちろん分かりますわ。だからこの人、代理人を使ったりして、私に会いたくないんですよ、きっと」

たしかにそのとおりだろう。

「ずっと気になっているのですが」

と浅見は言った。

「この男は、どうして伸子さんが宮田さんから預かり物をしたと思い込んでいるのでしょうか」

「ええ、それが不思議なんですけど」

「宮田さんがそんなことを言ったのでしょうか？」

「たぶん……、そうとしか考えられませんわね」

「しかし、なぜ宮田さんが、そんなありもしないことを言ったのか、それが謎《なぞ》です」

「それより浅見さん、私は浅見さんに言われたとおり、宮田さんに小さな彫刻をいただいたって答えましたけど、あんな出鱈目《でたらめ》な答えを言って構わなかったんですか？」

「ああ、そのことならさっきも言ったように、大成功でした。いまだから言いますけど、じつはあれは僕のハッタリだったのですがね、しかし結果は僕の予測どおり、まさにテキの欲していた答えだったことはまちがいありませんよ」

「まあ、あれはハッタリだったんですか？　ひどい人……」

「すみません」

浅見は笑いながら、ペコリと頭を下げた。どうにも憎めない顔だ。

「でも、小さな彫刻だなんて、私は見たこともないんですから……。それに、いったいそれにはどういう意味があるんですか？」

「それはおいおい分かってきます。まず今夜にも、この男から電話があるでしょうね。そうして、その彫刻を譲ってくれって言ってくるでしょう」

「まあ……、そんなことになったら、ますます困るじゃありませんの。どうすればいいいんですか？」

「しばらく考えさせてくれって、引き延ばしてください。そうですね。十日間もあればいいと思います」

「それで大丈夫なんですの？」

「相手が文句を言うようでしたら、それじゃお断りしますと、ピシャリと言ってやってけっこうですよ。なに、強いのはこっちのほうなのですからね」

「なんだかよく分からないけど、ほんとうに大丈夫なんでしょうか？　そのあとどうなるのか心配ですわ。主人に知れたり、大学のほうに影響するようなことになったりしないかしら」

「心配はいりません。テキさんもそんな大事になると困るはずですからね。脅しを気にすることはないのです」

「まさかそれ、ハッタリなんかじゃないでしょうね？」

「ははは、これはちがいますよ。確信というべきものです」

浅見は笑ったが、すぐに眉《まゆ》をひそめた。

「それにしても、どうしても分からないのは、この男がなぜ伸子さんのところに彫刻があると思い込んでいるのか——ということなんですがねえ……。どうしても論理が成り立たない。何かの飛躍が必要なんだろうけど、そこの接点が解明できれば、すべての謎が解けるような気がするのだが……」

ほとんど独言《ひとりごと》のように言った。実際、浅見が考えの中に没入すると、しばしば周囲のことを忘失してしまう。

そういう浅見を、伸子は少しばかり薄気味悪いものを見るような目で眺めていた。

3

出雲《いずも》空港に着いた時は晴れていたが、レンタカーを借りて走りだす頃になって、雨が降ってきた。しかし、夏の雨はむしろカンカン照りよりはましだ。クーラーの効きもよくなる。

国道九号線に出て、一路西へ――。カーラジオをつけると、高校野球をやっていた。やはり山陰路は雨が多いらしい。

江津《ごうつ》には午後三時少し過ぎに着いた。江《ごうのかわ》川の長い橋を渡って市街の中心に入った時、なんだか侘《わび》しい街だな――と浅見は思った。雨のせいばかりでなく、街の表情が疲れた老人の顔のように、精彩がない。

そういう第一印象は、存外その土地とそこに住む人々のキャラクターを直感している場合が多いものだ。

江津警察署も古い建物だが、ここだけはむしろ活気を呈していた。それはもちろん、殺人事件の特別捜査本部が設置されているためである。二人の刑事が東京に出張した頃は、まだ自殺とも他殺とも決めかねていたのだが、その後、解剖所見や聞き込みの結果から、他殺と断定することになった。

玄関脇には『江川殺人事件特別捜査本部』と張紙が出ている。これが、宮田が殺された事件の正式名称であった。なんだかジャイアンツのピッチャーが殺されたみたいで、巨人ファンが見たら気を悪くしそうだな——と、浅見は不謹慎なことを考えてしまった。

浅見が受付で待っていると、井手警部が飛んできた。一年半ぶりに見る顔であった。

「やあやあ、しばらくです」

井手は思ったよりずっと愛想がよかった。橋田部長刑事が言っていたように、津和野《つわの》の事件で表彰されたことについて、負目《おいめ》を感じているのかもしれない。

「津和野の際にはお世話になりました。あの時の浅見さんの名探偵ぶりは、いまだに島根県警内で語り草になっていますよ。しかし奇遇ですなあ。橋田君から浅見さんのことを聞いて驚きました。おまけに浅見さんが来てくれるというんで、待っていたのです。浅見さんにアドバイスをしてもらえれば、鬼に鉄棒《かなぼう》といったところでしょうな」

井手は自分を「鬼」にたとえている厚かましさに気がついていない。

「それじゃ、すぐに現場を見ますか？　橋田君は出てますが、代わりに、彼と一緒に東京へ行った、秋本という刑事が案内します」

井手は気忙《きぜわ》しく、言った。

「いえ、僕なんか現場を見てもしょうがありません。それより、捜査の進捗《しんちょく》状況を聞かせていただければありがたいのですが」

「そうですか、それじゃ……と言いたいところですがね、めぼしい進展はまだあまりないのですよ」

井手は辛《つら》そうな顔をした。

江津署の署長と刑事課長に紹介してから、捜査本部になっている会議室に案内してくれた。捜査員は大方出払っていて、広い部屋がなんだかやけに湿《しめ》っぽい雰囲気だ。

「なにしろ、いまだに犯行の第一現場すら特定できていないような状況なのです」

「殺された場所が江川上流――というのは固いのでしょうか？」

「まあ、少なくとも、遺棄されたのが発見現場より下流ということはあり得ないわけですから、上流のどこか――ということはまちがいないのですが、はたしてそこが第一現場かとなると、疑問でしてね。どこか別の場所で殺して、江川上流に投棄したのかもしれないわけですから。ただし、被害者は多少、水を飲んだ形跡があるので、投棄された時点では、完全には死んでなかったらしい。とにかく、その場所を特定するのはかなり難しい作業になりそうです」

半死半生の状態で投棄したという状況は、岳《だけ》温泉の殺人とよく似ている――と浅見はふと思った。

「有福《ありふく》温泉のホテルを出て以降の足取りも、まだ摑《つか》めないのですか？」

「うーん、それを言われると辛いのですよ。捜査員は熱心にやってくれていますが、これが意外に難航してまして、有福から江津駅前まで行ったことは確かなのだが、それから先がどうも思わしくない。いくつかそれらしい聞き込みもないわけではなく、登山帽の男と歩いているのを見た——などという、目撃者は三人いるのですがね」

「登山帽の男……」

浅見は眉を上げて、訊き返した。

「ずっと北の仁摩《にま》町で聞き込んできた話ですが、旅行者風の男と登山帽の男が並んで歩いているのを見たという者がいました」

「その登山帽の男の人相などは分かっているのですか？」

「いや、それならいいのだが、これがまったくだめなのです。せいぜい中年で割と大柄だったというくらいしか分かっていません。もっとも、旅行者風の男というのが、はたして被害者かどうかも、かなりあやふやではあるのですがね。目撃者はそれほど近くから見たわけではなく、ただ、見掛けない男が二人いる——ということで記憶している程度のことでして。捜査員が宮田さんの写真を見せると、そうらしいと言うのだが、あまりあてにはなりません」

「登山帽というのは、最近では珍しいのではありませんか?」

「そうそう、大抵はテニス帽とかゴルフ帽を被《かぶ》っていますからね。昔風の登山帽というのは珍しいかもしれないですな」

福島で殺された「蟬の男」もまた、登山帽を被った男と連れだって歩いていたという。それは単なる偶然にすぎないのだろうか?

「ともかく、宮田さんの足取りをスタート地点から辿《たど》ってみましょう」

浅見は立ち上がった。

秋本刑事が道案内で、宮田が泊まった有福温泉・石州グランドホテルへ向かった。

九号線から枝分かれした道をしばらく行くと、山間《やまあい》にチマチマとまとまった温泉場があった。狭隘《きょうあい》な地形に苦労して建てたような旅館が犇《ひし》めいている。「グランドホテル」というから、かなり大きなものを想像していたのだが、ごくふつうの温泉旅館だった。

宮田治夫のことは、宿の女中が割とよく記憶していた。警察に何度も訊かれ、そのつど記憶を更新したせいかもしれない。

しかし、事件に結びつくような話は聞けなかった。宮田は口数が少なく、女中や女主人が挨拶《あいさつ》に行った際にも、あまり喋らなかったそうだ。

「なんだか、気難しそうなお客さんでした」

女中はそう言っている。

浅見は宮田が泊まったという二階の部屋に入って窓の外を眺めた。いくつもの建物を継ぎ足し継ぎ足しして、玄関からはずいぶん離れている部屋だ。

窓の下を小さな川が流れ、そのむこうに湯元に近い共同湯場がある。タイル貼《ば》りの奇妙な建物で、窓や屋根から白い湯煙が上がり、雨の中に溶けてゆく。傘をさした浴衣《ゆかた》姿の客が三三五五、出入りしている。

宮田が江津に来た目的は、ともあれ根付にあったことは確かだろう。根付の何を知ろうとして来たのか、それが問題だ——と浅見は思った。

宮田は野沢光子と行った光太郎・智恵子の展覧会で、木彫の蟬を見ている男が「違う」と言うのを聞いた。その男が福島県の岳温泉で殺されたことも知った。その二つの出来事より以前に、滝野川小学校の同窓会で駒田勇から根付の話を聞かされている。そうして、岳温泉で「蟬の男」が殺されたあと、異様な熱心さで駒田の家に行き、「光太郎の根付」の話を聞いたという。

第一の謎は、「蟬の男」が光太郎の木彫の蟬を見て、なぜ「違う」と言ったのか——ということだ。宮田も当然、その疑問を感じただろう。「違う」という言葉の意味を常識的に考えれば、展示されていた光太郎の「蝉」が贋作《がんさく》であるという意味に受け取れる。しかし、そこにあった蝉が本物だとしたら、男の言葉の意味はまったく別のものになる。それは、男が知っている「もう一つの蝉」が贋物《にせもの》ということだ。男が場所柄も弁《わきま》えずに思わず「違う！」と呟《つぶや》いてしまったことは、男のショックの大きさを物語っている。光太郎の本物の蝉を見て、もう一つの「蝉」が贋物であったことに気付いたというのは、あり得なくはない。

要するに、もう一つの（あるいは複数の）「蝉」がどこかに存在するのだ——。

怪電話の男が伸子に訊いてきた「宮田からの預かり物」が、ひょっとするとその蝉か、それに類するものではないか——というのは浅見の勘である。浅見はそう信じたから、怪電話の男の質問に対して、小さな彫刻を貰った——と伸子に答えさせたのである。そして、それはまさに正鵠《せいこく》を射たらしい。

そこまではいい。しかし、そのことと宮田が福島に行き江津に来たことや、あげくの果に無残にも殺されたこととを結びつける論理が見えてこない。「蝉の男」の死や贋物の存在を推量したとして、いったい宮田はなぜ危険を冒すような行動に出たのだろう？——。江津に来て、どこの誰と接触し、そして殺されなければならなかったのだろう？——。

浅見は雨にけぶる濃密な緑の山並に向かって、胸の内でしきりに問いかけてみた。

宮田が泊まった夜の部屋係の女性に頼んで、宮田が書いた宿泊カードというものも見せてもらった。

『東京都文京区駒込《こまごめ》林町二十五番地　宮下紀男』

なかなかの達筆だ。こんなふうに出鱈目《でたらめ》の住所・氏名を書くというのは、宮田自身、この旅の目的にやましい点があったからだろう。ふつうなら、地元の様子や、訪ねる先の情報を宿の人間に質問しそうなものを、ぜんぜんその素振りもなかったということもまた、そうした秘密めいた目的を想像させる。

「被害者は宿泊した夜、この近くのどこかに電話しているそうです」

秋本刑事が言った。

「ただし、相手の番号はもちろん、江津市内なのかどうかも分かりませんが」

旅館の電話は各部屋から「0」発信で自動的にかけられる仕組みだ。回数と料金は積算されるが、どの番号にかけたかまでは記録されない。

「この近くと判断した根拠は何ですか?」

浅見は訊いた。

「係の女性の言うには、宮田さんが電話している最中に、たまたま布団を敷きに部屋に入ったのだそうです。宮田さんは電話がすむまで外にいてくれと言って、彼女を追い出したのですが、そういう時間を含めて、通話時間がかなり長くなっていたことはまちがいありません。その割に料金が大したことがないので、通話相手はこの近くのどこかにちがいない——と考えたわけです」

「なるほどねえ、みごとな推理ですねえ」

浅見は感心してみせた。秋本刑事は嬉《うれ》しそうな顔をした。

「はいそうです。宮田さんはバスで有福温泉を去ったのだそうですね？」

「翌朝、宮田さんが江津駅前までバスに乗ったところまでは運転手の証言などもあって、確認できております。その後の足取りがはっきりしないのですが、前の夜、宿の女中さんに時刻表を借りて見ていたそうですから、国鉄線でどこかへ行ったのかもしれません」

「井手警部に聞いたのですが、仁摩町という所で、宮田さんらしい人物が登山帽の男と歩いているのを目撃したという情報をキャッチしたそうじゃありませんか？」

「はあ、それはたしかにそういう情報はあるにはあるのですが、宮田さんかどうか、断定はできません。それに、江川の上流方面とはちょっと方角違いでもありますし」

「仁摩町というのはまるっきり違う方角にあたるのですか？」

「はあ、仁摩町は温泉津町《ゆのつまち》のさらにむこうですから、かなり方角違いといっていいと思います。それに、目撃されたのは馬路《まじ》の海岸でありますので、ちょっと結びつかないと考えられます」

「マジの海岸？……」

浅見はギクッとして、それこそマジマジと秋本の顔を見つめた。

「マジという地名があるのですか？」

「はい、馬に道路の路と書いてマジと読みます。国鉄の駅にも馬路というのがありまして、そこの駅員と、近くに住む老人が二人、それらしい二人連れを見たというのです」

「マジというのは地名ですか……」

浅見の独言に、秋本刑事は律儀に頷《うなず》いた。

「はあ、琴ケ浜《ことがはま》という、山陰ではここだけという『鳴き砂』の浜があるので、少しは知られていますが」

秋本は浅見が妙に深刻な顔になってしまったので、とまどっている。

浅見は部屋の隅にある電話にかけよって、受話器をつかみとった。東京の真杉家の番号をダイヤルする。「ハイ……」という不安げな伸子の声が出た。

「浅見です。ちょっと確認しますが、例のセンチュリーで紳士が『マジでか？』といったのは、六月二十二日でしたね」

――ええ、そうですけど。

「どうもありがとう」

浅見は受話器をおくと立ち上がった。

「そこ、行ってみましょう」

秋本に向けて言うが早いか、大股に部屋を出た。何か得体の知れなかった怪物が、とつぜんその姿の一部を現わしたような気持ちだった。

4

江津から東へ――正確には北東へ国道九号線をゆくと温泉津町の先が仁摩町である。仁摩はかつては仁万《にま》と書いた。石見の国府は最初、仁万に置かれたという説があるくらい、歴史の古い土地だ。

昭和二十九年、宅野、大国《おおぐに》、馬路の各村と合併し、町名を「仁摩」と改めた。この中の「大国」は『八重葎《やえむぐら》』に「大国本郷と号する所以《ゆえん》は石見国の名始めて此村《この》より発る故に号す」とあるくらいだから、とにかくこの辺りはむやみに歴史が古いのである。東京・府中市にある「くらやみ祭」で有名な大国魂《おおくにたま》神社もここが発祥の地だとする説もある。

「そこ、左へ行ってください」

秋本刑事が前方を指差して言った。うっかりすると見落としそうな標識に「馬路1キロ」という矢印が書いてあった。

国道を斜めに折れて、草地の中の道をほんの少しゆくと海が見えてきた。ガードを潜《くぐ》り右へゆくと駅前広場に出た。

「これが馬路駅です」

いかにも田舎の小駅という感じの建物だ。広場といってもほとんど土が剝《む》き出しになったような、ちょっと広い子供の遊び場――といったところだ。雨がやんで、駅前広場には海水浴客らしい若いカップルが出て、空模様を気にしている。

「この駅の職員が目撃者の一人なのです」

車が停《と》まると、秋本はそう言って外へ出た。さっさと駅舎に入って行く。浅見もあとに続いた。車から出ると、ムッとするような蒸し暑さが体にまとわりつく。

待合室にも数人の若い客がいた。売店には土地の土産物が並び、真っ黒に日焼けしたおばさんが退屈そうにこっちを見ていた。

出札口らしき窓口のむこうに若い男がいた。秋本とは顔見知りなのか、顎《あご》を突き出すようなお辞儀をして寄越《よこ》した。

「事務所のほうへ入りましょう」

秋本は先に立って、改札口を抜け、ホームを通って事務室のガラス戸を開けて中に入った。二言三言、秋本から事情を聞くと、駅員は浅見に向かってペコリと頭を下げた。

「はっきり顔を見たっていうわけではないのですが」

語尾を上げる言い方で、恐縮したように言った。

「見掛けないお客さんが通るのを、たまたま見ておったのです。この駅は海水浴シーズン以外はお客さんが少ないもんで、見たことのない顔が通ると、どこの誰かなって思って、割と気にして見るもんで。そしたら、それからずっと経ってから、警察のほうから写真を持ってきて、この人を見たことがないかというもんで、そういえば、あの時の人かなって、そう思ったもんですから」

「その男の人は一人で列車から下りてきたのですか？　連れはいなかったのですか？」

浅見は訊いた。

「私の見たのは駅を出てゆくところでしたが、ほかのお客さんとは、関係ない様子でした。すぐそこの広場で、帽子を被った男の人と会って、一緒に歩いて行きました」

「帽子というのは登山帽でしたか？」

「そうです。いま時分、あまり流行《はや》らない恰好の帽子だったもんで、おじん臭いなって思って、見ておりました。それでもって記憶に残ったいうこともある、思います」

「時間は何時頃ですか?」

「一五時三九分発の列車が出たあとです」

「その二人はどっちのほうへ行ったのですか?」

「どっちって、右のほうですから、街なかのほうへ行ったのだと思います。でなければ海岸へ行ったのかもしれませんが」

「あ、それは警察のほうで調べがついております」

秋本刑事が横から言った。

「とにかくそっちのほうへご案内します」

駅を出て、車に戻った。

「この道を行くと、街にも行くのですが、なに、街といっても小さなもので、その向うはすぐ海なのです」

秋本の言うとおりだった。緩《ゆる》い坂道を下って、陸橋のようなものを潜ると集落がある。それが「街」で、こっちの道と交差する道路が海岸線と並行に左右に延び、その道路に面したところにだけ家が建ち並んでいる。道路はそれぞれ、海岸の屈曲に沿って曲がっているので、その先がどうなっているのか、ここからは見えない。

こっちの道はその道路と集落を突っ切って、ものの五十メートルもゆくと海岸に突き当たる。

正面の海は少し波がある程度だ。テレビなどで、何かというと冬の日本海の荒々しさばかりを見せつけられている都会の人間には、嘘《うそ》のような穏やかさだ。空はまだ曇っているが、海の色はわずかにエメラルドグリーンを感じさせて美しい。

浅見は防波堤まで、車を進めた。その先はやや黄色味を帯びた白い砂浜が左右に広がっている。

「これが琴ヶ浜です」

秋本は自慢げに言った。もうだいぶ陽《ひ》が傾いたが、泳いでいる人も何人かいる。臨海学校でもあるのだろうか、五、六十人の子供が砂浜を走ったりして遊んでいる。きっと鳴き砂の音を楽しんでいるのだろう。どこかでピーヒョロロとトビが鳴いて、眠くなるようなのどかさであった。

「われわれはここで聞き込みを行なった結果、さっきの駅員が言っとった二人連れの男らしい人物を目撃したという話をキャッチしたのです」

秋本は誇らしげに言った。

「すぐそこのおじいさんですので、会ってみてください」

車をそこに停めて、郵便局から三軒めの、「高橋」と表札の出ている家を訪ねた。この辺りに共通した、軒の低い家だ。薄暗い家の奥から、Tシャツにステテコという恰好の老人が現われた。「目撃者」の一人である。

「なんや、またそんなことで来たんかいな」

老人は煩《うるさ》そうに言ったけれど、どういうことにもせよ、単調な生活に変化をもたらすような出来事を、面白がっていないこともないらしい。

「こちら、東京からおみえになった探偵さんです。この前も聞いたけど、おやじさんはこの写真の人を見たのでしたね？」

秋本刑事が写真をつきつけて訊いた。

「ああ、見た見た。あれは間違いないなあ」

老人はもっともらしく眼を閉じ、大きく頷きながら言った。

「長いこと防波堤のところにおったっけが、帽子を被った男が迎えにきて、一緒に車に乗って行きおったですよ」

「えっ？……」

浅見は聞き咎《とが》めた。

「その男の人は、防波堤のところで、一人で待っていたのですか？」

「そうなんです」

老人の代わりに秋本刑事が答えた。

「そこの点がちょっと違うのです。ですから、宮田さんはしばらく防波堤のところで待たされて、登山帽の男がどこかに停めてあった車を転がしてきたのではないかと……」

「ちょっと待ってください」

浅見は秋本を制して、老人に真直ぐ向いて訊いた。

「ご老人——高橋さんはその時、どこにおられたのですか？」

「わしと幸次郎とは、郵便局の前におったですよ」

「幸次郎さんというのは、一緒におられた方ですね？　それで、お二人は郵便局の前で何をしておられたのですか？」

「何も。いけませんか？　わしら、この歳になると、仕事ったって何もありゃせんのですよ。昔はこの浜でもけっこう魚も獲《と》れたし、年寄でも仕事は何やかやとあったもんだが、いまはあかんようになってしまった。せいぜい孫の守りぐらいなもんだが、近頃は孫もおりゃあせんのですよ」

「いえ、そういうことを言っているわけではありません」

浅見は困って、頭を掻《か》いた。

「どういう状態でこの写真の男の人を見ておられたか、それが肝心なところなもので、お訊きしたのです」

「そうかね、それならええが。わしら、そこで立ち話をしておったのですよ。そうしたら、この人が歩いてきおった」

「どっちの方角から来ましたか?」

「駅のほうから、坂を下って来たです」

「一人で、ですね」

「ああ、一人で」

「そして防波堤のところまで行って、待っていたのですね?」

「そうですよ」

「何もしないで、ですか?」

「ああ、べつに何もせんかったですな」

「しかし、直立不動でいたわけではないのでしょう?」

浅見は笑いながら言った。

「あほくさい。なんぼなんでも直立不動ではおらんですよ。防波堤に腰かけたり、あっちこっちを眺めたり、ブラブラ歩き廻《まわ》ったり、煙草《たばこ》を吸ったり……」

「煙草を吸いましたか？　何本ぐらい？」

「そんな、本数は憶えておらんですよ」

「それでは、一本、ですか？」

浅見は人差し指を立てた。

「いや……、そうかな、三本かな……、そう、三本やったな」

老人は煙草を吸う手つきを三度真似《まね》て、勢い込んで言った。

「そうすると、煙草を三本吸うぐらいの時間は待っていたのですね。それも、続けて吸っていたわけではないのでしょう？」

「ああ、続けてではないですな。なるほど、あんたはええことを言いなさるなや」

高橋老人は感心したように浅見を見て、その視線を秋本に向けた。

「それに比べると、警察はろくな質問をせんですな。おまけに、わしがなんぼこの男の人が一人で来た言うても、そうではないだろう、二人で来たのと違うか？　記憶違いではないのか——と、しつこく言うて、まるでわしがボケてでもおるかのように……」

「まあまあ、そうおっしゃらずに」

浅見は慌てて、老人の憤懣《ふんまん》を宥《なだ》めた。

「ところで、高橋さんはずいぶんお元気そうですが、おいくつですか？」

「八十二ですよ。ははは、元気そうに見えても、あっちこっちガタがきおって、耳は遠くなる、目は霞《かす》むで、もう長いことはありませんなあ」

浅見を気に入ったのか、喋り方がガラリと陽気になった。

「そんなことはないでしょう。だって、この写真を見て、すぐにあの男の人だって分かるくらいなのですから、目も耳もしっかりしているじゃありませんか？」

「そう言ってくれるのは嬉しいが、そんなにはっきり見えるわけではないのです。幸次郎よりはいくぶんましだが、若い頃のようなわけにはいかんです。眼鏡をかければええのだが、近頃は面倒くそうて、出歩くのに不便でなければ、構わんと思っておるのだが」

「そうすると、高橋さんは若い頃は近眼だったのですか？」

「ああ、いまでも近眼は治らんですよ。それに老眼が重なるのだから……。遠近両用眼鏡いうのを作ってもろうたが、あれもけっこう厄介なもんでしてな、階段を降りたり登ったりする時にしょっちゅう蹴躓《けつまず》くもんで、面倒くそうてかなわんのです」

「しかし、この人の顔をよく憶えておられましたねえ」

「ああ、それですか。それは顔の細かいところはよう憶えておらんですよ。しかし、そういう見掛けない人は特別ですからな。全体のその、恰好っていうか、雰囲気というのか、そういうもので憶えておるのです。それに、登山帽を被った人と一緒となると、これはもう、ごく珍しいことですのでな、間違いありませんよ。刑事さんが、この写真の人と違うかと言った時、すぐに間違いないと思うたのです」

やれやれ——と浅見は思った。この老人の頭には、もはや防波堤にいた男の顔として、この写真の顔が鮮明に記憶されてしまったにちがいない。第一、車の中の人間が帽子を被っていたとしても、それが登山帽であるかどうか見分けがつく筈《はず》がないではないか。

「話は違いますが」

浅見は気をとりなおして訊いた。

「高橋さんはこの辺の事情に詳しいと思いますが、石見根付というのをご存じですか？」

「イワミネツケ？　何ですかい、それは？」

「いえ、ご存じないのならいいのです」

それでは——と、浅見は丁寧に礼を言って、秋本を従えて高橋家を出た。空は晴れ間が広がって、車のところまで戻ると、日本海がキラキラと輝いていた。

「あと一時間もすると、夕日の沈む景色が見られるのですが」

秋本はぜひそれを見せたい口振りだったが、浅見はそんな呑気《のんき》な気分に浸っているわけにはいかない。

「秋本さん、江津付近で郷土の歴史に詳しい人を知りませんか？」

「それだったら、竹島先生がいいでしょう。僕の高校の時の先生で、いまは市の教育委員になられて郷土史の研究をしておられますから」

夕方近かったが、秋本が電話すると、竹島は快く応じてくれた。竹島家は江津の市街地の真中にある。馬路からは二十分ほどで行けた。市街地の真中といっても繁華な感じがしない街だ。竹島家は建物も古く昔風の大柄なつくりである。玄関も立派だし、家の中も天井が高く、各部屋の襖《ふすま》を外せば大宴会が開けるようになっている。

竹島は六十二歳だという。妻と二人暮らしの家に遠来の若い客が来てくれたことを歓迎しながら、地元から若者と子供の姿が消えてゆくことをしきりに嘆いた。

「山陰地方はえらい過疎でしてね、その傾向は若干鈍ったといっても、まだまだ続いております。この辺りの市町村の年齢別人口構成比率を見ると、惨憺《さんたん》たるありさまですよ。六十歳以上の老人人口が、全体の三割などというのはザラですからね。若い者はみな太平洋沿岸の大都市へ行ってしまう。この秋本君などは例外中の例外なのです。政治も経済も日本列島の腹のほうばかりに光を当てているのだから、それも仕方がないのだが、残された年寄どもは心配なことです」

竹島はそういう憂鬱《ゆううつ》な内容を、顔はニコニコしながら話している。そういうのを外国人が見たら、さぞかし不気味に思うのだろう。彼等《かれら》には日本人の屈折した心理の流れなど、理解できっこないのだから。

「竹島先生は、石見根付や清水巌のことをご存じでしょうか？」

浅見は本題に入った。

「ああ、知っておりますよ。石見根付――つまり、清水巌はわが郷土の誇りともいうべきものなのです。といっても、私の研究の範疇《はんちゅう》には入っておらんので、あまり詳しいことは知らんですが」

「外国人が注目している割には、地元の人に知られていないのだそうですね」

「そう、その点は残念ですが、しかし遅まきながら、最近になっていろいろと注目されるようになりました。もっとも、そうなった頃には、肝心の根付そのものがスッカラカンに無くなってしまいましたがね」

「地元で根付を蒐集《しゅうしゅう》している人や、売買している人をご存じありませんか」

「積極的な蒐集家というのはいないと思いますよ。たまたま家にあったのを持っているというのはあるでしょうが。売買したり斡旋《あっせん》したりというのは……そうですな、江津にはいませんが、隣の桜江《さくらえ》町に牧原という人がおります。そちらで訊いてみれば、詳しいことが分かるのではないでしょうか？」

時計を見ると、すでに六時を回っていた。

「先方の都合を訊いてみましょう。すみませんが電話を拝借します」

秋本は立って、部屋の隅の電話機に向かった。

「あ、秋本さん、ちょっと待ってください」

浅見は慌てて制止した。

「電話をしないで、いきなり訪ねてみたいと思うのですが。それに、今回は僕だけで行ってみましょう」

「そうですか……」

不満そうだ。浅見は秋本の機嫌を取るように言った。

「それより、どこかで食事をしませんか。旨《うま》いものを食べさせる店があったら、案内してください。ご馳走《ちそう》しますよ」

「ああ、だったら〝味覚〟がいい。江津ではいちばん旨い魚を食わせる店です」

秋本はよほど空腹だったとみえ、すぐに眼を輝かせた。

第五章　送られた首

1

桜江町は江津《ごうつ》市に隣接する町である。江川《ごうのかわ》沿いに南へ数キロ行き、橋を渡ったところが牧原家のある集落であった。広島県の三次《みよし》と江津とを結ぶ三江《さんこう》線の川戸《かわど》駅から近い。

夏の空はまだ明るさを残していた。江川に架かる長い橋を渡る時、川面《かわも》に紫色の残照が映っていて、浅見は急に旅情を覚えた。

田園地帯から山地に変わる接点のような斜面に、ほんのひと握りの民家が寄り添うように建っている。薄闇《うすやみ》の中に白い土蔵のような建物が点々と浮かんで見える。

目指す牧原家も大きな土蔵のある古い家であった。道路に車を置いて、庭先に入る。周辺の草むらからは虫の音がかまびすしい。

呼び鈴らしいものが見当たらないので、玄関の格子戸を開けて「ごめんください」と言うと、痩《や》せた初老の女が出てきた。

「ご主人はご在宅でしょうか？」

「はあ……」

女は胡散臭《うさんくさ》い目で浅見を一瞥《いちべつ》すると、中へ消えた。代わって現われた男が「牧原ですが」と名乗った。

竹島に牧原は七十歳ぐらいと聞いてきたが、会った感じではまだ五十代かと思える若さであった。身長はあまりないが、小肥《こぶと》りで顔の皮膚はつやつやして精悍《せいかん》な面構えだ。

「東京から来た浅見という者です。牧原さんは清水巌《いわお》の根付《ねつけ》をお持ちだということを聞いて伺いました」

「ふーん、東京からですかい」

牧原は面倒臭そうに眉《まゆ》をしかめたが、追い返すわけにもいかないという感じで、「まあ入ってください」と背中を向けた。

最前の女はどうやら牧原夫人らしい。愛想のない夫婦だが、ちゃんと、インスタントでないコーヒーを入れている。愛想がないのはそういうタチなのかもしれない。

「わしのこと聞いたって、誰《だれ》に聞いたのですか？」

「広島の富沢さんです」

「ん？　富沢？」

「ご存じでしょう？」

「ああ、知っとりますが。富沢氏は死によりましたよ」

「ええ、知っています。福島県で殺されたとか聞きました」

「で、あんた、富沢氏とはいつ会われましたのかな？」

「東京の銀座で高村光太郎・智恵子《ちえこ》展があった時に、会場でお会いしたのが最初で最後になりました」

「高村光太郎……」

「はあ、富沢さんは光太郎の彫刻をひどく熱心に見ておられたので、私も光太郎が好きなものですから、話しかけてみたのがきっかけです」

「それで、あの人も話に乗りましたかね？」

「ええ、最初は気難しい様子でしたが、光太郎の彫刻の話になると、がぜんよく喋《しゃべ》ってくれました。ちょっとした芸術論みたいなことになったほどです」

「ふーん、そりゃあんた、よほど虫の居所がよかったんだな。あれは変わり者でな、気にそまん者とは一切、口もきかんことがあるのですよ」

「その時に、石見《いわみ》の根付の話が出まして、清水巌の根付を牧原さんがお持ちだから、島根のほうへ行くことがあれば、いちど見せてもらえということでした」

「そうですか。しかしそれはおかしいな。わしのところには大したものはないいうことを、富沢氏は知っとるはずだが。そりゃ、あんたの聞きまちがえとちがいますか？」

牧原に疑わしい目付きで見られたが、浅見は悠揚迫らず答えた。

「いえ、確かにこちらに伺えば根付を見ることができると……」

「それだったら、わしのところで教えてくれると言うたのじゃないかな？」

「あ、そうかもしれません。いずれにしても、江津ではまず牧原さんのお宅に伺うのがいいとおっしゃっていました」

「なるほど、そうかもしれませんな」

牧原は気をよくしたらしい。

「しかし、本物の清水巌を見るのなら、大沢さんのところへ行くがよろしい」

「大沢さん、ですか？」

「そう、昔の大庄屋《おおしょうや》だったお宅です。巌の作品は根付ばかりでなく、いろいろ遺《のこ》っておって、わしなどが保存の面倒なんかを見ておりました。しかし、先代さんが亡くなって、婿さんの代になってからは、ほとんど売りに出されて、いいものはいくらもないのとちがうかな。そうそう、竜の如意棒《にょいぼう》というのがありましてな。それだけは売ってはならんと、先代さんもわしらもきつく言うとったのだが、それを売ってしもうて、とたんにあんた、天罰ですわ」

「天罰？」

「ああ、あれは竜神さんの祟《たた》りですな。まちがいない」

その時、「あんた……」と、奥から牧原夫人の声がかかった。

「それ、言わんといたほうがええのとちがいますか？」

「ん？　ああ、そうだが、しかしええやろ。婿さんには何の恩義もないんだから」

「竜神さんの祟りとは、どういうことですか？　何があったのですか？」

浅見は牧原の気が変わらないうちにと、意気込んで訊《き》いた。

「大沢家の裏山の裾《すそ》に古い溜池《ためいけ》がありましてな。竜神さんが住むという言い伝えがあるのです。石見は雨の多いところで、しょっちゅう山崩れがあるのは、竜神さんが暴れるせいだという伝説があった。それを清水巌が大沢家に居候でいる時に、象牙《ぞうげ》の如意棒に竜の姿を彫って祟りを鎮めたという話です。その如意棒を売るというので、それだけはやめときなさいと言うたのだが、まあ、先代さんが残した膨大な借金がもとで、いろいろ金繰《かねぐ》りがつかんことになって、とうとう如意棒を手放したのですわ。そうしたらどうです、それから三日目に奥様が転んで大怪我《おおけが》はするわ、娘さんは原因不明の熱を出すわ、あげくの果てには、例の富沢氏が殺されたというのですからなあ。恐ろしいことですわ」

「え？　富沢さんが殺されたのも、何かその竜神さんの祟りに関係があるのですか？」

「そらあるどころではない。竜神さんの如意棒を仲介したのが富沢氏ですよ」

「富沢さんが……」

「そうです。わしらは留めたのだが、欲に目が眩《くら》んだちゅうことでしょう。イギリス人のコレクターの手に渡してしもうたのです。しかも、天罰覿面《てきめん》ということになってしもうた」

「なるほど……、富沢さんの死も竜神さんの祟りというわけですか」

「あははは、あんたは笑うかもしれんし、警察はもちろん相手にもせんでしょうがな。しかし、こうまで事実が重なると、ただの迷信とは思えんのですよ。それに、あの如意棒をひと目でも見た者やったら、そのくらいの祟りがあっても不思議はない、思うのとちがいますかな。それくらい見事な彫物でしたからなあ。如意棒にからみついた竜が、怒り狂って天に昇る勢いを見せる。そらすばらしいもんです。さすが、名人と思わせる作品ですわ。いや、清水巌はただの根付師とはわけが違いますぞ」

「高村光太郎とはどっちが上でしょう？」

「は？……」

とつぜん浅見が妙なことを言ったので、牧原はポカンとした顔になった。

「高村光太郎も彫刻家だし、根付も作ったといわれているのですが、どちらの技量が上だったのかと思いまして」

「そら、あんた……」

牧原は呆《あき》れたように言った。

「較《くら》べるのがおかしいのとちがいますか？　時代も違うし、考え方も違うし……」

「なるほど、そうでしょうねえ。ところで牧原さん、高村光太郎の根付を、富沢さんが探していたというのを聞いたことはありませんか？」

「うーん……、いや、わしはそういう話は聞いてはおらんですが。しかし、あんたが言うたように、富沢氏が光太郎の展覧会を見ておったということであれば、何かそういったことがあったのかもしれんですなあ」

「光太郎の作品がこの辺で見つかったというような噂《うわさ》はないでしょうね？」

「そら、まったく聞いたことがありませんなあ。ん、だけど、あんたは清水巌の根付の話でみえたのとちがいますか？」

「え？　あ、いえ、もちろんそうです。それで、もしお願いできれば、大沢さんを紹介していただけるとありがたいのですが」

「そりゃまあ、構いませんが。ただし、さっきの竜神さんの祟りの話は出さんでくださいよ。わしの口から聞いたなどということが分かったら、えらいことになりますからな」

牧原はクギを刺してから、名刺に紹介のための文章を書き入れてくれた。

翌朝、浅見は江津の市街地を南に出はずれた田園地帯にある大沢家を尋ねた。周辺を見下ろすことができる程度の、いくぶん高い場所に石垣を積み塀を巡らせた、宏壮《こうそう》な屋敷である。塀の内側は樹木が鬱蒼《うっそう》と繁り、まるで、そこに小さな山があるように見えた。

門そのものが二階建の民家ほども大きい。車が二台並んでも入れそうだ。門を入ると手入れの行き届いた庭がまた広い。あちこちに常緑の照葉樹が立ち、土蔵や納屋などを隠している。正面の母屋《おもや》もかなりの規模なのだろうけれど、屋敷全体のばかでかさのせいで、むしろ小ぢんまりとして見える。

浅見は門を入ったところに遠慮がちに車を置いて、長い石畳の上を歩いて行った。

玄関は間口が六メートルは優にあろうか。現在はガラスの格子戸が嵌《は》めこまれてあるけれど、かつては駕籠《かご》のまま式台に横付けできたにちがいない。

格子戸はいっぱいに開放されていて、その奥の式台と、そのむこうにある大きな衝立《ついたて》に圧倒された。

浅見は気後《きおく》れしないように、衝立の背後の森閑とした空気に向かって「ごめんください」と大声を上げた。

出てきたのは、拍子抜けするような、小柄で上品な老婆だった。式台のところまできて坐《すわ》り、きちんと挨拶《あいさつ》して、訊いた。

「あの、浅見様でしょうか？」

「はあ、浅見です。牧原さんの……」

紹介の名刺を出そうとするのを、老婆は制して言った。

「はい承知しております。どうぞお上がりください」

老婆について、廊下をいくつか曲がった。これほどまでに典型的な日本家屋というのはいまや珍しい。どの部屋も戸障子が開け放たれていて、風通しがいいせいか、ひんやり感じるほどに涼しかった。

凝った中庭を望む客間に入れられた。冷たいおしぼりと熱い緑茶が出た。見ず知らずの客に対してはかなりの歓迎ぶりに思えた。

まもなく四十歳を少し出たくらいの男が現われた。絽《ろ》の着物を着て、なんだか役者を思わせるような優男《やさおとこ》であった。

「わたくしが当家のあるじ、大沢です」

おもおもしい挨拶も芝居がかっている。

「何か、清水巌の作品をご覧になりたいということでしたが。当家には大したものは残っておりませんで、いまお持ちしますが、お見せできるようなものとなると、亀《かめ》の置物程度ですので」

最前の老婆がおそるおそる、みかん箱ほどの木箱を運んできた。平べったいが、黒光りして、小さな鎧櫃《よろいびつ》といったような印象だ。

大沢は箱を開け、割と無造作に置物を取り出した。

テーブルの上に載せると「どうぞ」と、浅見のほうへ台座を押して寄越《よこ》した。

みごとなものであった。長さは四十センチほどだろうか。甲羅《こうら》から出した首をニョキッと擡《もた》げ、辺りを睥睨《へいげい》している姿は、いまにも歩きだしそうに迫真力がある。それでいて、全体に施された細かい細工はまぎれもなく美術工芸品のものであった。甲羅の亀甲《きっこう》もよく見ると非常に微細な紋様が彫りこまれてある。剝《む》き出しの首や脚の肌は無数の突起に覆われ、これもまた、ただの写実でない、様式美を追求した作意の現われであった。しかし、全体像から受けるものは迫真以上の迫真なのである。

「みごとなものですねえ……」

浅見は正直に嘆声を発した。

「これは何でできているのですか？　素材は銅ですか？　それとも鉄ですか？」

「持ってみれば分かります」

大沢はニヤニヤ笑いながら、言った。

浅見は少し腰を浮かすようにして、亀を台座ごと持ち上げた。

「あっ……」

フワッと浮いたような軽さだった。

「これ、木製ですか？」

「そうです、黒柿《くろがき》か何かだそうです」

「驚きました。相当重量があると思ったものですから、つい力が入って」

大沢は声を立てず、面白そうに笑った。どうやら、この亀には誰もが騙《だま》されるらしい。それはいいのだが、そういう客を小馬鹿《こばか》にしたように笑うのが気に入らない。

「さきほど、清水巌の作品はこれしか残っていないとおっしゃいましたが、かなりの数のものをお売りになったのですか？」

「はあ、残念ながら手放しました。まあしかし、こういう美術品は個人が仕舞っているより、大勢の人に見てもらったほうがいいのかもしれません。芸術はわれわれ金持ちのものではなく、庶民みんなの財産ですからね」

「なるほど、おっしゃるとおりですね」

浅見は感心してみせながら、だんだん大沢という男に嫌悪感を覚えてきた。

「ところで、こちらの美術品を扱ったのは、広島の富沢さんだそうですね？」

「ええ、そうですが……」

大沢は途端に警戒するような表情を見せた。

「浅見さんは富沢さんをご存じですか？」

「はい、東京でいちどお会いして、石見根付や清水巌の話などをうかがいました。最近では高村光太郎の根付を手に入れたとかで、かなり自慢しておられましたが」

「えっ？……」

大沢は一瞬、驚いた目を浅見の顔に走らせた。

「高村光太郎の根付を？……」

「ええ、あれはこちらから出たものではなかったのですか？　たしかそう言っておられましたが」

「いや、違いますね。それは違う。わたくしのところにはそういう品はありません。何かの間違いでしょう」

大沢は明らかに狼狽《ろうばい》していた。こんなにはっきりと表情に現わす人間も珍しい。役者みたいなのは形だけで、とても芝居で人を騙せるようなワルではなさそうだ。

「おかしいですねえ。富沢さんは確かにこちらのお宅から出たと言っていたのですがねえ。それも、亡くなるちょっと前ですよ」

「ちょっと前って、いつのことです？」

「えっ……」

浅見は思わぬ反撃をくって一瞬とまどった。

「あれは確か六月の初め頃《ごろ》っていわれましたかな」

「ああ、だったら違う。六月に入ってからは、富沢さんとは、六月二十一日に会っただけですからね」

「そうでしたか。それでは違いますね。しかし、なぜ富沢さんはそんないいかげんなことを言ったのですかねえ？」

「そりゃ、当家から出たとなれば由緒正しいことの証明みたいなものですからね。だからそういうことにして売るつもりだったのかもしれませんな」

大沢はようやく落ち着くと、鷹揚《おうよう》なポーズを取り戻した。

大沢家を辞去しようとした時、浅見は、ふと思いつくことがあって、式台の上の大沢に訊いた。

「大沢さんは先刻、六月二十一日に富沢さんと会ったとおっしゃいましたが、というと、富沢さんはお宅に見えたのではないのですね？」

「えっ？　ええ、まあ、そうですが……」

　またしても大沢の顔に不安の色が広がった。

2

　牧原が「婿さんに恩義はない」と言っていたところから察すると、大沢は婿養子なのだろう。着ているものも、言うことも、芝居じみて鷹揚に見えるけれど、どことなく借り物の感じがするのは、やはり「婿どの」の負目を背負っているからだろうか。テレビの時代劇に「必殺仕掛人」とかいうのがある。藤田まこと扮《ふん》する同心だか与力だかが「婿どの」で、これが本性はきわめつけのワルなのに、一歩、家の敷居を跨《また》ぐと嫁と姑《しゅうとめ》に頭が上がらないという、なんとも面白いキャラクターになっている。名門・浅見家の愚弟である浅見光彦としては、いつも身につまされながら観《み》ているドラマだ。

　その「婿どの」であるところの大沢が、どういう経緯《いきさつ》かは知らないけれど、家代々の家宝のような品を片っ端から売りに出してしまったという。そんなことが、そう簡単にできるものだろうか？　先代からも固く禁じられていた「竜神の如意棒」までも売りとばし、結果、天罰を受ける羽目になったのだというではないか。

そうしてみると、「婿どの」であるにもかかわらず、大沢には大沢家で権力を恣《ほしいまま》にすることのできる素地があるということなのだろうか？――。

そのことに興味を惹《ひ》かれて、浅見は大沢家の家族構成を調べてみることにした。

調べるには、大沢家の内情に詳しい牧原のところへ行くのがよさそうだ。その足で、浅見は桜江町の牧原家を訪ねた。

「何かいい品を見せてもらえましたか？」

牧原は上機嫌で浅見を迎えた。東京の風を運んできた、しかも清水巌の根付に興味を抱く青年を気に入った様子だった。

「はあ、立派な亀を見せていただきました。どうもありがとうございました」

浅見はきちんと礼を言ってから、「婿どの」の専横に疑問を感じたことを話した。

「それそれ、それですがな」

牧原はわが意を得たりとばかりに大きな声を出した。コーヒーを入れている老妻がまた眉をひそめた。

「それが不思議でならんのですよ。そりゃ、たしかに先代の借金があるいうこともよう知っとりますがね、しかし、そこまで身代《しんだい》売り食いせんならんほどのことはないと思いよるのです。噂では出雲《いずも》に女が出来て、入れあげてるいうことだが、どうも、東京の婿さんと一緒になって、大沢の財産を食い潰《つぶ》すような気がしてならんのですがな」

「ああ、東京にもご親戚《しんせき》があるのですか?」

「そう、大沢の婿さんの大学時代の友人で、いまは大学の先生をしてなさる人だが、これがまたえらい金食い虫だそうでしてな」

牧原は面白くなさそうに大沢家の内情を話しだした。

「大沢家には先代さん夫婦のあいだに娘さんが二人おります。長女は華江、次女は月江さんといいまして、なかなかのベッピンさんと評判でした」

(ずいぶん古めかしい名前だな——)

生まれたのは四十年も昔だから、そう珍しくもないのかもしれないが、これで浅見の母親の「雪江」を加えれば、まさに「雪・月・花」ということになる。浅見は妙な連想をしておかしくなった。

「華江さんの婿さんが、あんたのお会いになった啓次さんで、京都の古い染物屋の次男坊さんだった人です。一時、銀行に勤めていたのを、先代さんに見込まれて婿入りしたということです。ご夫婦のあいだには中学へ行っている子供さんが一人いてなさる」

「その奥さん――華江さんが原因不明の熱を出したのですね？」

「そういうことです。それから月江さんは東京の大学の先生をしてなさる柴山亮吾さんいう人に嫁いでいて、こっちのほうはまだ子供はいてません」

「柴山、亮吾……」

浅見はふと、その名前にひっかかるものを感じた。どこかで会ったか、聞いたか――。

「大学というと、何大学ですか？」

「ええと、何大学やったかな。おい、おまえ知らんか。どうも最近はど忘れがひどくてかないません……。たしか日本一大きな大学やいう話だったが……」

「日本一というと、K大学ですか？」

「ああ、そうそうK大学ですわ。そこの文学部の助教授をやってなさるそうです」

――K大学文学部助教授――

浅見は驚いた。K大学といえば、たしか伸子の夫・真杉民秋も同じK大学の助教授だったはずだ。

（この符合は何だろう？――）

K大学は牧原の言ったとおり、日本一のマンモス大学だから職員の数も多い。偶然ということも考えられないではないが、それにしても世の中狭すぎるような気がする。

（何か意味があるのだろうか？——）

「あっ……」

浅見は思わず声を発した。「柴山亮吾」の名前がふいに記憶の淀《よど》みの底から浮かび上った。劇団『轍《わだち》』の事務室の机に山積みされた、光太郎関係の参考書の中に、その名はあった。

《高村光太郎の芸術と愛・柴山亮吾》——。

「すみません、お電話を拝借させてください」

浅見は一〇〇番を回して、伸子の家の番号を申し込んだ。

電話が鳴るたびに伸子はドキンとする。怪電話の男からか、あるいは浅見光彦からか、いずれにしても心騒ぐものばかりだ。

昼近く、浅見からの電話があった。

——ちょっと伺いますが、お宅にK大学の教授・助教授の記念写真はありませんか？

また妙なことを言ってきた。

「ええ、あると思いますけど？……」

——その中にですね、例の電話の人の顔がないかどうか、調べてみてください。

「え？　じゃあ、怪電話の男はＫ大の先生だったんですか？」

「――いや、分かりません。もしかすると、ということです。

「分かりました、とにかく一応見てみます」

十分後に電話をしてもらうことにして、伸子は夫の書斎に入った。

真杉民秋は大学の図書館へ行くと言って、朝から家を出ていた。

民秋は写真ぎらいの男である。夫婦で撮った写真もほとんどない。大学の職員や学生との写真などは、民秋が望むと望まないとにかかわらず、誰かが撮影して送って寄越すのだが、民秋自身はそういうものを整理・保管することは一切しない人間だ。仕方がないので、伸子が勝手に箱へ詰めて物入れの奥にしまいこむ。その箱ごと、写真を全部居間に運んで、上から順に調べはじめた。

バラバラの写真は大抵が素人写真のスナップで、残しておいても意味のないようなものばかりであった。

わずかにまとまっているのは、年に一度だけ出る卒業アルバムだけだが、そのアルバムなるものがまたひどい代物《しろもの》であった。

なにしろマンモス大学とあって、とにかく人数が多い。教授以下の職員の数だけでも膨大なものだ。民秋が付き合いの悪い人間だけに、伸子は大学の連中とはまったく交際がない。どういう人がいるのか、同じ学部の教授の顔さえ知らないほどだ。

（だめだわ――）

仲子はアルバムの写真を見て、じきに諦《あきら》めた。どの顔も小さいし、実際にみたのと角度の違う写真ばかりである。これではたとえ写真があったとしても、怪電話の男かどうか、見分けのつけようがない。

十分後にかかった浅見からの電話に、仲子は悲鳴を上げるように言った。

「とても無理、見つかりそうにないわ。せめて名前でもわかれば、なんとか探しようもあるんですけどねえ」

――名前は柴山というのです。柴山亮吾。文学部の助教授ですが。

「柴山先生ですか……。文学部なら主人と同じですけど……。でも、その人が怪電話の男なんですか？」

仲子は気味悪そうに言った。

――いや、それは分かりません。ただ、その可能性があると思って。

「でも、どうしてそう思うのですか？　いったい、どこからその人の名前が出てきたのですか？」

――それを話していると長くなりますが……。

その時、背後に気配を感じて振り向くと、民秋がノッソリ立っていた。伸子は慌てて電話に向かって言った。

「ごめんなさい、いま主人が戻りましたので、またお電話してください」

受話器を置いてあたふたと立ち上がった。

「おかえりなさい。ちっとも気がつかなかったもんですから」

「やけに熱心に話していたようだな。どこからだい？」

「いまの電話？　ほら、いつかあなたが電話を受けたことのあった、光子の彼。浅見さんておっしゃる」

「ああそうか。で、どうなんだね？　うまくまとまりそうなのかい？」

「ええ、割といい線いってるみたい。光子も今度こそなんとかしないと、ずっとだめかもしれないから」

「それ、どうしたんだ？」

民秋は足下《あしもと》に出ている写真の箱と、テーブルの上に散乱している写真とを、交互に指差した。

「あ、これ？　あなたの写真を探していたの。先方の親御さんがご覧になりたいっておっしゃるんですって」

「僕の写真なんか見たってしようがないだろう。嫁に行くのは僕じゃない」

「やあねえ、変なこと言わないでくださいよ。光子には父親がいないから、あなたが男親代わりっていうことでしょう。責任重大ですわよ」

仲子は笑いながら言った。どうしてこう、次から次へと嘘《うそ》がつけるのか、自分でもそら恐ろしくなるほどだった。

「あらやだ、もうこんな時間。お昼どうなさる？　まだ当分お帰りにならないと思って、支度していないの」

「おい……」

民秋の手がスッと伸びてきて、仲子の腕を摑《つか》んだ。反射的に体をすくめそうになるのを、仲子はかろうじて堪《こら》えた。

「なあに？　どうしたのよ？」

民秋は黙って腕を引き寄せた。仲子は足がもつれて、もろに民秋の胸板にしなだれかかる恰好《かっこう》になった。民秋はそれを支えるようにして、自然に仲子の背中を抱いた。思いのほかの逞《たくま》しさだった。

仲子はほとんど脅《おび》えるような目で民秋の顔を見上げた。夫の目は異様に輝いている。民秋はそのままの姿勢で、さらに仲子を抱く腕に力をこめながら唇を求めてきた。長い夫婦生活の中でも、こんな衝動的な行為に出たことはなかった。仲子は乙女のように顔が赤らむのを感じた。心臓は苦しいほどに高鳴っていた。

長い抱擁を解いて、民秋は唇を離すと、優しい、聞きようによっては哀願するようにも聞こえる声で言った。

「どこへも行くんじゃないよ」

仲子は急に涙ぐんだ。幼児のようにこっくりと頷《うなず》いて、「ええ」とだけ言った。

胸の余燼《よじん》を持て余している仲子を残して、民秋は書斎に消えた。いっそこの場に押し倒して、体を蹂躙《じゅうりん》してくれればいいのに――と、少し物足りなくもあったけれど、仲子は幸せな気分を味わっていた。

（でも、どうしてあんなこと言ったのかしら？――）

仲子は乱れた髪をそっと撫《な》でつけながら、思わず小さく声を出して笑った。「どこへも行くんじゃないよ」だなんて、ずいぶん子供じみた台詞《せりふ》だわ――と思った。

笑いながら、しかし厳粛なものを感じていた。民秋がああ言った言葉の裏にあるものを思わなければならない。

民秋は、結婚してはじめて、妻を失うことを恐れたのかもしれなかった。

これまで、昔の男友達――とも呼べないような幼馴染《おさななじみ》ばかりだが――が来て、言いたい放題を言って帰ったあとでも、ついぞ繰り言めいたことを言わない人だった。いつもニコニコと客を遇し、楽しそうにしていてくれる、まるで神様みたいなご主人ね——と誰かが言っていた、そのとおりの夫だとばかり思い込んでいた。

しかし、自分は民秋のいったい何を知っていたのだろう?——と、ふと伸子は思った。書斎の虫のように古典文学の研究に没頭し、古文書や文献の蒐集《しゅうしゅう》に熱中するだけがすべてだなんて、そんなことはあり得ない。

笑った顔や楽しげなお喋りの裏側で、もしかすると、七つも若い妻が同い年の仲間と打ち解けあっている姿に、いいようのない嫉妬《しっと》をかこっていたのかもしれない。

まるで子供が物をねだるように「どこへも行くな」と言った民秋の声には、愛する妻の裏切りを懸念する切実なひびきがあったように、伸子には思えてきた。

(でも、なぜだろう?——)

あれほどの荒々しさを見せなければならない夫の不安の理由に、伸子は思い当たることがない。——いや、ないつもりだった。しかし、民秋の側に視点を置いてみると、疑惑をつのらせるような誘因が伸子にまったくなかったとはいえない。

(ひょっとすると、怪電話の男から、私の知らないうちに何度か電話があったりしたのだろうか?——)

それればかりでない。こっちは気付かれないつもりでいたけれど、怪電話の男との待ち合わせや、頻繁にしている浅見との連絡などを垣間見《かいま》見て、しだいに不安を感じたのかもしれない。隠しごとをしている気配というものは、いつのまにか、愛する者の敏感な触覚には察知されてしまうものだ。

いけない――と伸子は思った。これは自分たち夫婦に訪れた、はじめての危機だ。

伸子は急いで、夫の好物である素麺《そうめん》を茹《ゆ》でる支度にとりかかった。

素麺をすする民秋からは、もはや最前見せた高ぶった気配など嘘のように消えていた。

「やっぱり手延べ素麺は旨《うま》いね」などと、無邪気に喜んでいる。

「ねえあなた、大学に柴山さんていう助教授、いらっしゃる？」

会話のついでに訊いてみた。隠しごとはなるべくするまい――という気持ちが、それを言わせた。

「柴山？　いるけど……、それがどうかしたのかい？」

「ううん、大したことじゃないんだけど、ともだちの弟さんがその先生のゼミに出ているんですって。なんだか評判よくないらしいの、キザッたらしいとかで。この写真の中にその先生、いるかしら？」

伸子は民秋の前にアルバムを広げた。

「ああ、柴山君はこれだよ」

民秋は持った箸《はし》の頭で、写真の一部をつっ突いた。

「へえー、この人なの……」

目を近づけて見たが、どうもはっきりしない。あの「怪電話の男」のようでもあるけれど、もっときつい顔だったような気もした。

「柴山君の評判が悪いというのは、当たっているかもしれないな」

民秋は無表情に言った。

「彼は猟官《りょうかん》志向の強い男だ。教授昇格のために、相当な金をバラ撒《ま》いているという噂もある」

「あら……」

伸子は思わず夫の顔を見た。

「珍しいわ。あなたがそんなきついことおっしゃるの」

「ん?……、いや、そういう話があるということだよ」

民秋は間が悪そうに苦笑した。

「じゃあ、柴山さんとあなたはライバルっていうわけなのね」

「僕はべつに争う気などない」

「でも、あちらはそう思ってらっしゃるかもしれないわ」

「それはそうだが……」

民秋は不思議そうに伸子を眺めた。

「なんだ、きみは教授になんかなってもならなくてもいいと言っていたんじゃないのか？」

「それはそうですけど、お金の力で教授になろうなんていう人に負けるのは悔しいわ」

「金の力だけじゃなれないさ。最終的には仕事の内容が問題だ」

「柴山先生って、何のご専攻？」

「日本美術史が専門じゃなかったかな、たしか近世に強い人だと思った」

「じゃあ、うちの先生とは畑違いなのね」

「まあそういうことだね」

「どうでもいいとは思うんですけど……」

伸子はちょっと甘えるような仕種《しぐさ》を見せて言った。

「本音を言うと、できればあなたに負けてもらいたくないわ。とくに柴山先生みたいな汚いことをする人には」

言いながら、あの不愉快な電話の声が、耳朶《じだ》に蘇《よみがえ》っていた。

民秋はしばらく休むと、午後からまた図書館へ出掛けて行った。荻窪《おぎくぼ》にある真杉家からはK大学の図書館は比較的、近い。それにしても、夏休みぐらい少しペースダウンをすればいいのに——と伸子は思うのだが、民秋に言わせると、夏休みで学生がいない内こそが勉強の時なのだそうだ。

夫を送り出すと、写真の入ったケースを書斎に戻すついでに、鬼の居ぬ間の掃除を始めることにした。掃除といっても、部屋の中のものには滅多《めった》に手をつけてはならないことになっている。整理整頓《せいとん》の苦手な民秋の机の周りは、あちこちに参考資料がうず高く積まれ、それを避けるとなると、四角い部屋を丸くどころか、鋭角三角形に掃くようなものだ。

箱を戸棚に仕舞ったついでに、何の気なしに、天袋を見上げて、戸の隙間《すきま》から紙紐《かみひも》の端がほんの少し覗《のぞ》いているのに気がついた。ふだんは開けることのない、いわば不急不要の資料などを入れておくところだ。

伸子は踏台を持ってきて、天袋を開けてみた。右端に茶色の紙包みが突っ込んである。紙紐の正体はその紙包みを無造作にグルグル巻きにしている紐の端がこぼれたものだ。包みそのものも緩《ゆる》んだ感じだが、紙紐の絡《から》め方はもっとだらしなく、いかにもこういう片づけに不向きの民秋がしそうな仕業であった。

（しようがないわね——）

伸子はひとりで微苦笑を浮かべながら、包みを支え持った。それほどの重さではないが、中に花瓶でも入っているような、ゴロンとした感触があった。

床に下ろして包み直そうとして、伸子はギョッとした。

包みは宅配便で送られてきたものらしい。包装の茶色い紙に宅配便の送り状が貼《は》ってあった。その宛名《あてな》が「真杉伸子様」になっている。そして、送り主の名は「宮田治夫」であった。

伸子は悪寒《おかん》に襲われた。見てはならない物を見てしまったような、後ろめたさを感じて、慌てて元どおりに仕舞いかけた。

しかし、考えてみると、自分宛に送られてきたものだ。本来は、勝手に包みを解いた民秋に非があるはずだ。宮田と不義をはたらいたわけでもないのに、なんで私がビクつかなければならないのよ――、と思った。

そうは思ったが、やはり伸子は包みを解く手が震えた。怪電話の男が言っていた「預かり物」の正体はこれかもしれないのだ。

紙包みの中は桐《きり》の箱であった。箱は十文字に平たい紐がかけてある。

紐を解き、蓋《ふた》を取った。

桐の箱には木屑《きくず》が詰めてあり、それを除《の》けると白い紙に包まれた丸みのある物体が現われた。浅見の言った『彫刻』の正体がこれなのだろうか。

仲子の好奇心はもう止めようがなかった。紙包みを箱から取り出し、床の上に置いた。扱う手の二の腕辺りに鳥肌が立った。

包み紙をそっと広げた。幾重にもなって、中の物体を保護している。木彫りの女の首が現われた。

何の木なのだろうか、黒みを帯びた地肌をしている。わざと荒々しい鑿痕《のみあと》を活《い》かした、力感のある彫刻に思えた。

仲子は上半身を床に近づけ、視点を下げて首を眺めた。

やや面長でポッテリした顔であった。そして仲子はすぐに気付いた。気付いた瞬間に身を反らせて、「あっ」と小さく叫んだ。

「首の女《ひと》」は、まさに仲子自身の顔であった。

3

浅見の三度目の電話も収穫に結びつかなかった。結局、仲子には写真の柴山が、センチュリーホテルで見た「怪電話の男」と同一人物であるかどうかの確認はできなかったということだ。

しかし、仲子が言った柴山が日本美術史のしかも近世が専門であるということは、柴山と富沢との繋《つな》がりを想定する方向に一歩も二歩も近づいたことを意味する。思ったとおり――というより予想以上の結果が出たことで、浅見はむしろ驚いてしまった。

とはいえ、それが事件に関《かか》わりがあるかどうか、あるとすればどう関わっているのか――となると、さっぱり見えてこない。

怪電話の男が柴山助教授だと仮定して、柴山がなぜ仲子のところに宮田からの「預かり物」があると思い込んでいるのかが分からない。

柴山が富沢と宮田の事件に関係しているとするなら、なぜ、そういう疑惑を呼ぶような恐喝まがいのことを、平気で行なうのかが分からない。「預かり物」はそれほどに重要かつ価値の高い物なのだろうか？――。それとも、柴山は事件そのものには関係がないということなのだろうか？――。

浅見は江津に二泊した。牧原の家を出た二日目の午後からは猛暑になって、クーラーの効いた車を出るのが辛《つら》くなった。どうというあてもなかったが、もう一泊すれば、何か手掛りが摑めるかもしれないという、淡い希望のようなものがあって、有福温泉のあまり上等とはいえない宿に泊まった。

三日目の朝は、それこそ雲一つない快晴で、旅館を出る頃には気温は三十度を越えていた。警察にも顔を出してみたが、井手警部も橋田、秋本両刑事も留守だった。捜査本部自体がこの猛暑にめげでもしたかのように、ダラけきった雰囲気だった。このぶんでは捜査は遅々として進まないだろう。甲子園では高校野球が真っ盛り。捜査をそっち除けで、テレビにしがみついて地元チームの熱戦ぶりを観戦している刑事もいた。

浅見は急に帰心に駆られた。懐もそろそろ底をつきそうだ。レンタカーの料金を払うと、帰りの飛行機代がギリギリになる。それに、怪電話の男から伸子に「預かり物」の要求があることも気になった。

浅見は江津市を離れ、国道九号線を北へ向かった。温泉津《ゆのつ》町を過ぎ、馬路《まじ》に差し掛かると、しぜんに海岸へ出る細道に向けてハンドルを切っていた。

馬路の海岸は海水浴客で賑《にぎ》わっていた。湘南《しようなん》辺りの海とちがって、水はきれいだし、客の数も少ないが、それでもいろいろな店が出たりしている風景には、いかにも夏の風物詩といった楽しさがある。

防波堤に立つと、潮風が頰《ほお》に心地よい。子供たちが笑い騒ぐ声を聞きながら、浅見はこの陽気さに事件の謎《なぞ》が埋没してしまうような危惧《きぐ》を感じた。

「やあ、あんた、このあいだの刑事さん」

　呼びかけられて振り向くと、麦藁《むぎわら》帽子をあみだに被《かぶ》った、郵便局の並びの高橋とかいう家の老人がこっちを見て笑っていた。相変わらず、袖《そで》のよれたようなTシャツにステテコといういでたちだ。

「いえ、僕は刑事ではありませんが、この前はどうも失礼しました」

　浅見は折り目正しく挨拶を返した。

「ああ、そうやったかな、刑事ではなかったっけな。そうそう刑事にしちゃ出来がよすぎる思うたんやった」

　ずいぶん辛辣《しんらつ》なことを言うところをみると、こんな恰好していても、この土地では、かなりのうるさ型なのかもしれない。田舎に行くと、身形《みなり》や風貌《ふうぼう》だけでは量《はか》ることのできない知識人が、まるで仙人のようにさりげなく住んでいるのに出会うことがある。そういう人のほうが、時には都会で口先ばかり達者になった人間より、はるかに世の中を見透していることも少なくない。

「あの事件はどうなったかね？」

　老人は訊いた。

「いや、まだその後、あまり進展はしていないようです」

「そうかね、いや、そうじゃろ、あんな調子ではあかんじゃろ」

老人は納得したように頷いた。

「ところで、あんたこの前、イワミネツケの話をしよったじゃろ」

「ええ、ご老人にお尋ねしましたが、ご存じないということでした」

「それそれ、あん時はいきなりややこしいことを言うよって、何のことやら分からんかったが、根付いうたら彫り物のことやろ。それらしいものを作りよる者は、この町にもおるにはおるがな」

「えっ？　根付を作る人がいるのですか？」

「いや、いまどき根付は作っておらんが、あんなもん、彫り物師――つまり木彫り職人であれば、誰でもできるもんやろが」

「さあ、それはどうか知りませんが――」

正直、その辺のことになると、浅見もまだ知識不足だ。木彫り職人なら誰でもあの精巧な根付が彫れるとは思えなかったが、中には彫る人もいるのかもしれない。

「もしそういう人がいるなら、ぜひ会いたいですね。紹介していただけませんか」

「紹介なんぞせんでも、会いに行ったらよろしいがな。久永松男いう人で、家はずっと山のほうへ行った先だが、あんた車やろ。五、六分もあれば行くで」

老人は独りよがりの早飲み込みで、なんとか道順を教えてくれた。

浅見はそれを聞きながら、理由もなくこれから訪ねる「彫り物師」に期待感が高まるのを覚えた。

久永の家は海岸から国道九号線を越えた反対側の山裾にあった。一軒だけポツンと離れたような、茂みの中の寂しい佇《たたず》まいだ。

道路脇《わき》の草地に突っ込むように車を停《と》めて、浅見は濃厚な草いきれの中を建物に向かった。周囲の木立からはアブラゼミの声が降り注いでくる。

平屋建の粗末な材料で素人仕事のようにして造った家――という印象であった。

ドアが開けたままになっている玄関に立つと、家の奥のほうからかすかに「ゾリッ、ゾリッ」という音が聴こえてきた。それ以外、人の声などはしない。

「ごめんください」

浅見は遠慮がちに声を発した。「ゾリッ、ゾリッ」という音がピタリと止《や》んだ。ドアの軋《きし》む音がして、廊下の角から痩せた男の顔が現われた。目付きの病的に鋭い、暗い感じの顔であった。そこから踏み出してこないで、顔だけを見せた状態で停まった。

「誰や？」

「浅見という者ですが　久永さんが根付を作っておられると聞いて、ぜひ拝見させていただきたいと思って来ました」

「？……」

久永は胡散臭《うさんくさ》い目をじっとこっちに注いで黙っている。

「江津の大沢さんに聞いてきたのです」

浅見は思いきって言ってみた。とたんに久永の態度が変わった。

「どうぞ、上がってください」

玄関の隣にある六畳の部屋に招じ入れた。部屋の中央には粗末だが、座卓がある。薄っぺらな座蒲団《ざぶとん》も勧めてくれた。

「私のほか誰もおらんので、お茶も出せんのです。いま作品を持ってきますで、ちょっと待っとってください」

久永が引っ込みかけるのを追うように、浅見は言った。

「あ、あの、お仕事ぶりを拝見させていただけるとありがたいのですが」

久永は妙な顔をした。明らかに迷惑がっていることは分かる。しかし、断るのは具合が悪いと判断したようだ。

「そしたらちょっと待ってください。散らかっておるで」

奥の仕事部屋に引っ込んで、何やら片づけをしているらしい物音がしていた。

「いまは大したものは作っておらんが、見てもらいましょうか」

顔を出して、言った。浅見は久永のあとについて奥の部屋へ行った。伸子の同窓生である駒田のところの仕事部屋と、どことなく共通した匂《にお》いのようなものがあるのを感じた。実際、中の様子も似通っている。仕事机の上にはさまざまな特徴を持つ鑿《のみ》が十数本も並び、机の真中にやりかけの仕事が載っている。

「これはかたつむりですね？」

「ああ、そうです。かたつむりが石榴《ざくろ》の枝を這《は》っているところです」

「みごとなものですねえ……」

「いや、なに、それほどでもないです」

久永はつまらなそうに言った。謙遜《けんそん》ではなく、本気で（つまらない）と思っているような口振りだった。

長さが十センチほどの枝に直径三、四センチのかたつむりが這っている。葉の上に乗って襞《ひだ》をくねらせ、角《つの》を振り立てた姿が愛らしい。

浅見はしげしげと作品を眺めながら、おかしい――と気がついた。

作品はすでに仕上げの段階にあって、せいぜい細い鑿を使う「毛彫」といわれる段階か、磨きにかかっている感じだ。先刻聞こえた「ゾリッ、ゾリッ」という粗い鑿を使う作業とはまったくそぐわない。

仕事机の下には大袈裟《おおげさ》にいえば木端《こっぱ》とも言えそうな、粗い削りかすが散らばっている。明らかに何かべつのものを彫っていて、それを慌てて隠したにちがいなかった。

（なぜだろう？――）

浅見は笑顔を浮かべながら、鋭い観察眼を働かせていた。なぜ久永は隠さなければならなかったのだろう？――。

「これは根付ですか？」

「そうです」

「根付は最近始められたのでしょう？　久永さんはもともとはどういったものを作ってられたのですか？」

「欄間《らんま》の細工とか、たまに置物とか、です」

「それが根付を始められたというのは、やはり大沢さんのご注文ですか？」

「まあ、そういうことです」

「それと、東京の柴山先生も、ですね？」

「あ、知っとられるですか、あの先生」

久永が瞬間的に、唇の端に不快感を浮かべたのを、浅見は見逃がさなかった。

「ええ、知ってるといっても、あまりお付き合いはありません。あの人はお金に汚いという評判です」

　そんな評判どころか、柴山のことなど何も知らないが、浅見はそう言って久永を誘導した。

「やっぱり……」

　久永は大きく頷いた。

「東京でもそういう評判ですか」

「ええ、僕は直接には知りませんが、被害を受けたという人の話を聞きました。買った品物の代金を払わないのだそうです」

　久永は言葉には出さなかったが、まるで自嘲《じちょう》するようにせせら笑った。顔には嫌悪感がはっきり現われていた。

「ところで」と、浅見はごくさり気なく言った。

「殺された富沢さんをご存じですか？」

「え？……」

　久永はギクッとして、探る目になった。

「ほら、広島の富沢さんですよ。骨董品《こっとうひん》のブローカーみたいなことをやっている。福島県で殺されたでしょう」

「さあ、知らんですが」

ほっとしたように、落ち着いて答えた。その様子からは、嘘をついているようには見えない。浅見は意外だった。久永は内面の動きを隠すことのできない性格の男だ。世をすねたように、人里離れたところに住んでいる人間には、このタイプが多い。自己抑制がきかないので、無意識のうちに他人を傷つけたり、無用の葛藤《かっとう》の原因を作ってしまったりする。それを気にすると、他人との接触が煩《わずら》わしくなってくるのだ。

久永は言葉はともかく、表情では嘘をついていない。

となると、いまの短い会話の中で示した反応はどういう意味を持つのだろう？——。

最初、浅見が「殺された富沢さん……」と訊いた時には、久永はたしかにギクリと反応した。ところが「広島の富沢さんですよ。福島県で殺された」と言ったのに対しては、逆に平然と「知らない」と答えたのである。

その落差は何だ？——と浅見は内心、首を傾《かし》げた。

「そうすると、久永さんの作品は、大沢さんが一手に扱っているのですか？」

「いや、ふつうの細工物はこれまで付き合いのある店に出しております。大沢さんの旦那《だんな》には根付やら……、そういったものを作ってみろ、言われて……」

言いながら、久永は疑問を感じたらしい。

「お宅さんは大沢さんの何に当たるわけですか？」

「友人といいますか、お客といいますか。まあ、そんなところです」

「柴山先生の関係ではないのですね？」

「ええ、それはさっき言ったとおりです」

「ならいいのですが……。そしたら、私は仕事がありますんで、これで」

「あ、これは失礼しました。どうもお仕事中お邪魔して……」

仕事部屋を出かけて、思いついたように振り向いた。

「そうそう、僕の友人がやはり大沢さんの案内でこちらを見学させていただいたとか言ってました」

「どなたさんでしょう？」

「いや、名前は言わなかったんじゃないかと思います。六月一一日にお邪魔したのですが、憶《おぼ》えていませんか？」

「ここには滅多に人は来んで、大沢さんが見えた日は大概憶えておるのですが……、ああ、そういえばお客さんを連れて見える言われとって、急に都合が悪くなったとかで、見えんようになったことがありましたが、あれが六月二十一日でしたかな。そうですそうです。夏至《げし》の前の日でしたからまちがいない」

「そうですか。じゃああなたとは会わなかったのですね」

「ええ、会うとりませんですよ」

久永の顔には、やはり疑う余地は感じられない。浅見は失望した。

4

飛行機が離陸を完了するまで、浅見は目をつぶっていた。水平飛行に移り、スチュアーデスの、彼女たちが「タコ踊り」と称している救命胴衣のつけ方の演技を終える頃になって、ようやく人心地がついた。

浅見はいつまで経っても飛行機が苦手だ。地方への取材があると、大抵のところへは車を転がしてゆくのだが、宮崎県の高千穂《たかちほ》でおきた事件の捜査で、往復二度の旅に車を使って懲《こ》り懲《ご》りした。その後にあった小樽《おたる》の事件以来、千キロを越える旅で、しかも高速道路や新幹線のない場所へは飛行機を利用することに決めた。

それにしても飛行機は怖い。この金属の塊みたいな重い物体が、しかも何百人だかの人間を積んで空中に浮く——という現象が、どうしても浅見には信じきれない。これは何かの錯覚なのであって、大魔術「空中遊泳」と同じように、催眠術が破れると、地上に転落するような気がしてならないのだ。

快晴で気流の状態もいいらしい。機体は揺れることもなく、窓の下の景色が変化してゆくのを見さえしなければ、空を飛んでいる実感がないほど平穏なフライトであった。

浅見はベルトを着用したまま、シートの背凭《せもた》れを倒した。目を閉じて思索に耽《ふけ》るつもりだ。

まったく謎の多い事件であった。謎は見えているのだが、解決の手掛りがまるで摑めない。こんな手応《てごた》えのはっきりしない事件は、過去に例がなかった。

ともかくも、富沢の事件と宮田の事件とに関わっているのが「登山帽の男」であるらしいことだけははっきりしている。

登山帽の男は二本松で富沢らしい人物と一緒にいるところを、通行人など、三人の地元の者によって目撃されている。また馬路では宮田らしい人物と一緒にいるところを、馬路駅員と二老人によって目撃されている。

——というのが警察のこれまでの収穫だ。ただし、それは二本松の捜査本部と、江津の捜査本部とが別個にキャッチしているものであって、その二つの情報とも知っているのは、いまのところ浅見だけである。

それだけではなく、浅見は馬路での目撃談のうち、駅員が目撃した七月五日の登山帽の男と宮田（らしい男）の二人連れは、二老人によって目撃された人物とは違うように思えるのだ。

警察の事情聴取に対して、二人の老人は、防波堤のところで待っていて、登山帽の男の車に乗ったのは「宮田である」と言い、月日についても「七月五日のことだと思う」と言っているそうだ。

しかし、どうもこれが警察の誘導による誤認である可能性が強い——と浅見は思っている。もちろんそんなことは警察には言えないが、恣意《しい》的な捜査をやると、よくそういうことが起こるものだ。

馬路の駅員が目撃した時、登山帽の男と宮田（らしい男）とは駅前で待ち合わせて、一緒に歩いて行ったのである。このほうは七月五日の午後二時過ぎということがほぼ確からしい。

それに対して、高橋老人たちが目撃した「宮田」は一人で長いこと防波堤のところで待っていたのだし、月日や時間もどうもはっきりしない疑いがある。

警察はその二つのケースを同じ日、同じ人物——というように決めてかかったから、老人たちの頼りない応答を、勝手に解釈してしまった可能性は、充分考えられる。いわゆる予見捜査というやつだ。

そうは言っても、もちろん、警察の捜査結果を否定する根拠はないが、それが正しいとする根拠もまた、ないように思える。

警察に訊いたが、六月二十二日に馬路付近では、特記するほどの事件や事故は何も起きていないということであった。

それにもかかわらず、いささか鋭敏すぎるのが不幸な、浅見のアンテナには感じるのである。怪電話の男が「マジでか？」と言ったことと、馬路駅周辺で何かあったことのつながりを――。

もし浅見の疑惑があたっていて、二老人に目撃された第三の男がいるとすると、それは六月二十一日に会った大沢と富沢である可能性が強い。だからといってそのことが怪電話の男が「マジでか？」とうろたえ騒ぐほどの事態とも思えない。

一時間十五分のフライトはあっというまであった。羽田到着は夕刻近かったが、滑走路はムッとする熱気が漂っていた。

浅見はまず真杉家に電話を入れた。仲子が出ると、挨拶もそこそこに、怪電話の男からの連絡の有無を訊いた。

――いまのところ、何もありません。

仲子は答えた。心なしか、少し元気がないように思えた。

「そうですか、それではこれから自宅に戻りますから、何かあったら夜でも構いません、電話してください」

浅見は伸子の憂鬱に、それほど深い意味があるとは気付かないで、電話を切ると、一昨日から空港駐車場に置きっぱなしの愛車へ向かって駆けていった。

浅見からの電話が切れると、伸子は受話器に手をかけたまま、大きく溜息《ためいき》をついた。浅見は金と時間をかけて福島や島根まで行き、自分のために動いてくれているのだ――。それを思うと、伸子は重大な裏切り行為を犯したことで、ますます気持ちが沈んだ。浅見にはなかったと言った怪電話の男からの連絡は、じつはついさっきあったばかりなのだ。

――預かり物を渡してくれますね？

また同じことを、しつこく言った。十日間の猶予期間を――と言ってあるのに、毎日、連絡をしてくる。その病的な執拗《しつよう》さが伸子はしだいに恐ろしくなってきた。早いところ、あの「預かり物」を渡して、このばかげたサスペンスドラマにピリオドを打ちたかった。

（浅見さん抜きで――）

そうなのだ。もっと重大な裏切りを、伸子はしなければならないのだ。もはや、このドラマに浅見を登場させてはならないのだ。浅見の力量がどれほどのものなのか、伸子にはよく分からないけれど、浅見がこれまでに見せた鋭い洞察力や推理力、それに行動力から判断すると、ほんとに事件の謎を解決してしまうかもしれなかった。

いや、その恐れが充分、あると思った。

恐れ――。そうなのだ。伸子にとっては事件が解決されることは、いまや恐れなければならなくなっているのだ。

自分の夫が殺人犯――などとは、想像するだけでも恐ろしい。伸子はそんなことは考えまいと、絶えずあらぬ方向へ思考を向ける努力をした。

しかし、疑惑が次々と湧《わ》いてくるのを抑えようがない。

疑惑はほとんど確定的に思えた。あの宅配便を伸子に内緒で処理しようとしていたことはもちろん、考えてみると、宮田が殺された事件のことについて、いちども話題にしようとしない民秋の態度はきわめて不可解なものといえた。

伸子も宮田の話はしないようにしているけれど、それは伸子なりにそうしたほうがいいと判断しているからだ。宮田が過去に伸子を好きだったことは、同窓の者たちが集まった時に、悪ふざけの冗談で、何度か話題にのぼらせている。そういう戯《ざ》れ言《ごと》を聞いても、民秋はべつに気にしている様子は見せなかったが、伸子にはこだわりがあった。ともかく宮田はかつて、自分にプロポーズし、袖にした男なのだ。その宮田の死を、こちらから食卓の話題に載せたりできるはずがない。

しかし、民秋の側から宮田のことを言い出すのは、ごくふつうのことではないか。それとも、民秋は宮田が殺された事件を知らないのだろうか？——。まさかそんなことは考えられない。

知っていて、ことさらに宮田の話題を避けているとしたら、その理由は何だということになるだろう？——。

書斎の天袋に隠されていた「女の首」が、自分にそっくりなのを見た瞬間、仲子はもろもろの疑惑が一挙に氷解し、それと同時にもっと恐ろしい疑惑がどっかと居座るのをまともに見ることになってしまったのだ。

あの「贈り物」を開封した時の民秋の気持ちを思うと、仲子は民秋が殺意を抱いても当然のような気がした。自分の愛する妻に対して、過去に失恋の恨みを持つ男から、こともあろうに妻の生首の彫刻が贈られたのだ。これほどの侮辱、これほどの嫌がらせがあるだろうか——。

民秋がその件に一言も触れずにいることで、仲子はかえって民秋の怒りの強さを感じてしまうのだった。

伸子は、宮田が殺されたと思われる七月五日の日記をひろげて、民秋の行動を調べてみた。その日、民秋は例によって午前中から大学の図書館へ行っている。そして、帰宅は午後八時――。

伸子はドキリとした。

そういえばあの日、民秋は夕方に電話で、少し遅くなるからという連絡を入れてきたのだ。電話は新宿からだと言っていたけれど、それを確かめたりはもちろんしていない。

伸子は航空機の時刻表を見た。午前十時から午後八時――。それだけの時間があれば、はたして、島根県へ行って宮田を殺してくることが可能だろうか?――。

羽田から島根県の出雲空港へ行く便は朝の八時前に出てしまう。しかし、隣の鳥取県米子《よなご》空港には十一時五十五分発の便があった。それだと十三時十五分に米子に着く。帰りの便は米子発十七時五十五分、羽田着十九時十分というのがある。

米子から江津までは特急で二時間。往復四時間として、空港から駅までの時間を考えると、ギリギリかちょっと無理なタイムスケジュールのように思える。しかし、可能性がまったくないとも言いきれないかもしれない。推理小説などでは、そういう、一見無理とも思える時間的な制約をなんとかして、完全犯罪を可能にしているではないか。

それに、もしかすると共犯者がいることだって考えなければならない。そうだ、民秋自身が手を下さなくても、誰かに殺しを依頼することだってできるのだ。

(殺し屋——)

仲子はしだいに絶望的な気分になっていった。

民秋のほうは、少なくとも外見上は取り立てて変わったようには見えない。いや、それだからこそ、かえって仲子は不信の念がつのるのだ。宮田から不愉快な贈り物があったというのに、どうして平然としていられるはずがあるだろう——。それをまったく顔にも表さないというのは、民秋の人格の二面性を物語っているではないか。

昨日、浅見からの最後の問い合わせがあった時、仲子は写真の柴山助教授が怪電話の男かどうか確認できなかったとだけ言って、例の「女の首」のことはついに打ち明けられなかった。

夕食のテーブルについて、夫と向かい合いに坐っても、仲子はまともに夫の顔を見るのが辛くてならなかった。

「おい、ソースが出ていないぞ」

民秋の声に慌てて、箸をテーブルの下に落とした。それを拾おうとして、茶碗《ちゃわん》を引っくり返した。

「どうしたんだ、きみらしくないなあ」

民秋は笑いながら言った。

（どうして笑ったりするの？――）

そのことも仲子には気に入らなかった。本来なら、窘《たしな》めるべきことではないか。夫は私に対して遠慮している――と思った。

（何を？　なぜ？――。首の彫刻を隠したから？　それとも……、それとも……、宮田さんを殺したから？――）

仲子は泣きたい気持ちを抑えながら、夫の給仕をした。自分は少しも食が進まない。食欲などあろうはずがなかった。

「どこか具合でも悪いのかい？」

民秋は心配そうに訊いた。

「ええ、ちょっと頭が重いの」

「夏バテかな。風邪でもひいたんじゃないのかい？　熱はあるの？　無理しないで、寝ていればいいのに」

「いいんです、なんでもないんだから」

仲子は自分でもびっくりするほど、強い口調で言った。

「ごめんなさい、ちょっと気分が……」

夫の詮索《せんさく》するような視線に耐えられなくなって、椅子《いす》から立つと、口を抑えながらトイレへ走った。伸子にしてみれば、精一杯の演技であった。

しばらく時間をおいてトイレから出ると、目の前に民秋が立っていた。

「大丈夫かい」

覗き込むように顔を寄せて、訊いた。オニオンスープの匂いが疎ましかった。そのことが伸子を悲しくさせた。

「大丈夫よ……」

言いながら伸子は涙ぐんだ。

「まさか、出来たんじゃないだろうね？」

「えっ？……」

一瞬、伸子は、意味が取れず、目を上げて夫を見た。

民秋は怖いほど真剣な顔をしていた。

「ああ、赤ちゃん？……、ちがうわよ」

ようやく伸子は笑いを見せた。その時、伸子は何がなんでも、現在の民秋との暮らしを守らなければならない——と思った。

「そうか、ちがうのか……」

残念そうに言って、民秋は伸子の肩に腕を回してきた。

「しかし、からだ、気をつけてくれよ」

「ええ、ありがとう。あなたもあまり勉強、無理しすぎないで。教授になんかならなくってもいいんです」

「あははは、そう言われると、かえってならなくちゃいけないような気になるな」

民秋は笑って、伸子を抱いたまま、狭い廊下を窮屈そうに肩をすぼめて歩きだした。

第六章　ギャンブル

1

何が何だかわけがわからなくなってきた。浅見は自分の頭がどうかしているのではないか――と思った。

怪電話の男とのタイムリミット――十日間はあと一日に迫っている。それなのにテキからの連絡はまったく途絶えているという。

「何も言ってきません」

浅見が連絡するごとに、伸子は判で捺《お》したように、同じ答え方をした。

そんなはずはない――と思う。浅見の常識からいえば、当然、テキは焦《あせ》って、しつこく催促やら確認やらを求めてこなければならないはずであった。そういう性格の相手だと、浅見は信じていた。

（それに——）と浅見は思った。

仲子のあの素っ気なさはどういうことなのだろうか？——あれほど不安に満ちて、すがりつくような物言いをしていたのに、まるで税務署の窓口みたいな事務的な口調で話すのは、いったいどうしてなのだろう？——。

何かがあった——と思うしかなかった。何かが仲子を豹変《ひょうへん》させたのだ。それは何だろう？——。唯一、考えられるのは、仲子が怪電話の男の「恐喝」に屈したというケースだ。

それにしても、なぜそんなことが起こり得るのだろう？

仲子はありもしない「預かり物」を強要されて困っていたのだ。ない物を渡せといわれてもどうしようもない。その状況に変化がない以上、かりに仲子が恐喝に屈したとしても、怪電話の男と取引きのしようがないではないか。

浅見は暑さと旅行のせいでいささかバテ気味の頭脳をフル回転させて、この不可解な事態を推理しようと努力した。しかし、どう考えても仲子が変心する条件なるものを想定することができない。

（何かまずいことを言ったかな？——）

浅見は最後には自分に失言がなかったかどうか、そんなことまで気にしはじめた。何度も電話して、やいのやいのと質問攻めにしたことが気に入らなかったのか——とも考えたりした。

浅見の欠点といえば、人間に悪意のあることを信じたくない——という甘っちょろい性格だ。現に殺人を犯した者に対してだってそうなのだから、いわんや友人・知人に対してそういう疑いを抱くことなど、とてもできそうにない。

伸子が悪意をもって自分を敬遠していることなど、考えたくなかった。それだけに伸子の豹変の理由に、浅見は無関心ではいられないし、不安でもあった。

姪《めい》の家庭教師である野沢光子が来たのを、玄関先で摑《つか》まえて応接間に連れ込むと、浅見は伸子の近況を訊《き》いた。

「べつに変わったことはないはずだけど？」

光子は目をいっぱいに開いて、怪訝《けげん》そうに言った。まったく、いくつになっても子供っぽさが抜けないな——と、浅見は自分のことを棚に上げて思った。

「そうかなあ、最近、電話するたびに思うんだけど、なんとなく様子がおかしいんだ」

「おかしいって、どうおかしいの？」

「なんて言ったらいいのか……、早い話、冷たい感じなんだよね」

「あら……」

光子は面白くないという顔になった。

「それ、どういう意味？　浅見くん、姉が好きなの？」

「冗談言うなよ」

浅見はうろたえた。

「だって、そんなにちょくちょく電話したりして。おまけに冷たくなっただなんて、呆《あき》れたわねえ、どうしてこうなるの？　宮田さんだけかと思ったら……」

「えっ？……」

浅見は狼狽《ろうばい》しながらも、光子の言葉を聞き咎《とが》めた。

「宮田さん、伸子さんを好きだったの？」

「ええ、どうもそうらしいのよね。ほら、高村光太郎の展覧会へ連れて行ってもらったって言ってたでしょ。いまだから言うけど、あれだって、ほんとうは姉のことをいろいろ聞きたかったからで、私とのデートなんか口実みたいなものだったと思うの。光太郎の『女の首』っていう彫刻が姉の顔にそっくりなのを見た時、そう思ったし、それに、宮田さんが教えてくれた光太郎の詩だって、あとで考えると姉に失恋したことを切々と訴えたかったんじゃないかって、そんなふうに思えてならなかったのよね」

「詩って、どういう？」

「知ってるかな、ほら、『いやなんです』っていうの」

「ああ、『いやなんです　あなたがいってしまふのが』っていうやつ？　たしか『人に』っていう題じゃなかったかな」

「そうそう、さすが浅見くんねえ。私、知らなかったの。笑われちゃった」

「笑うことはないけど……、そうか、宮田さんは伸子さんを好きだったのか」

「まずまちがいないわね。宮田さん、『女の首』を見る時の目つきったらなかったもの。燃えるような――っていうでしょ、あれなのよね。私なんか、一度でいいから、ああいう目で見つめられたいものだわ」

「そりゃ、見るくらいならして上げるよ」

浅見は光子をまともに見た。光子もつぶらな目を浅見に向けて、見つめあった。ほんの数秒ももたずに、光子が笑いだし、つられて浅見も笑った。

「なんだ、失敬なやつだな。せっかく見つめて上げたのに」

「あははは、ごめんなさい……、笑うつもりじゃなかったんだけど……。私ってだめね、だめな女ね……」

笑いながら、光子は涙を浮かべていた。浅見はひどく厳粛なものを感じて、慌てて視線を逸《そ》らせた。

「ところで、さっきの話の続きなんだけど。仲子さんの様子がおかしいっていうのは、マジな話なんだ。こう言ったただけじゃ、きみも何のことか分からないだろうから、いままで黙っていた事情を説明するけどね、じつは、仲子さんはある男から脅迫めいた電話を受けて、困っていたんだよ」

「えっ？　脅迫？……」

光子の感傷はたちまち冷めた。

その日の夕刻、光子は三軒目の家庭教師を回ってから、前触れもなしに真杉家を訪れた。

「どうしたの？　急に……」

仲子は驚いたが、「ちょうどよかった、晩御飯、食べて行って」と言った。

「うちのがいないの。帰りが遅くなるんですって。天麩羅《てんぷら》の材料、たくさん仕込んじゃったもんで、困っていたところよ」

見た感じでは、浅見が言ったような「おかしな」ところは何もなかった。

「しめしめ、いいところに来たんだ」

光子は上がり込んで、仲子と一緒に天麩羅を揚げ、ワインを抜いて食事を楽しんだ。

「浅見くんのこと、どうしようかと思ってるんだ」

デザートのメロンに舌鼓を打ちながら、光子は言った。

「どうって？　あら、あなたたち、ほんとにそういう関係なの？」

「そういう関係って？　やあねえ、まだそこまで行ってないわよ」

「ばかね、そっちこそいやらしいわ。そうじゃなくて、つまりその……」

「いいから、いいから。早い話、結婚しようかどうしようかってことなんだから、根本的には大して変わりはないけどさ。とにかく、どうしようか悩んでるってこと」

「悩むことないじゃない、結婚しなさいよ。もたもたしてると、また駄目になっちゃうから。贅沢《ぜいたく》言ってる場合じゃないわよ」

「あら、失礼ねえ。そういう言い方したら、浅見くんだって気ィ悪くするわよ」

「あ、そうか、いけない。いえ、つまりもののたとえよ。第一、浅見さんならいいじゃないの。お似合いだしさ」

「へへへ、そう言ってくれるのは嬉《うれ》しいんだけどね。だけど、浅見くんもいまいち煮え切らないのよねえ。それに、姉さんのことが気にかかっているらしくて」

「私のこと？」

伸子はギクッとした。

「うん、浅見くんもどうやら姉さんに気があるんじゃないかなってね、そんな気がするんだけど」

「ばかおっしゃい。あなた、よくそう次から次へと勝手なロマンスを作りたがるわね」

「あら、でも、宮田さんのことは絶対ほんとうだと思うわ」

「いいかげんにしなさい」

「だけど、浅見くん、はんとに姉さんのことで悩んでたわよ。仲子さんの気持ちが分からないって」

「分からないって……、それ、どういう意味なの？」

「水臭いっていうことじゃない？　何か浅見くんに隠しているの？　だったら彼、可哀相《かわいそう》よ。姉さんのためなら、人殺しをしろって言われれば、するくらいらしいんだから」

「…………」

仲子は喉《のど》が詰まったように、返す言葉がなかった。光子がはたしてどういう気持ちで言っているのか知らないけれど、まるで仲子の心中を見透《みす》かしたような、鋭い言葉だった。

「私ね、浅見くんは信用していい人物だと思ってる。あの人、今度のことであっちこっち行って、いろいろ分かったこともあるらしいんだけど、警察には何も教えてないのよね。それはなぜだと思う？　姉さんの不利になるかどうか分からない段階では、捜査協力だって犠牲にしちゃう主義なのね。お兄さんは警察庁の偉い人だそうだけど、そういうのとはちゃんと一線を画して、アンチ体制派みたいなところを守っているのよ。少なくとも私たち姉妹を裏切るようなことはしない人。だから私、今度こそ結婚してもいいかな——とか思ったりしてるんだけど……」

「ミコちゃん……」

伸子は手を挙げて、光子の饒舌《じょうぜつ》を遮った。

「あなた、浅見さんに何か聞いて来たの？」

「ははは、やっぱしバレたか。そう、浅見くんがね、もう僕の手には負えないって。あとは妹のきみに任せるって。姉さんの悩みを解決して上げられないのは残念だって、彼、泣いていたわよ」

「嘘《うそ》おっしゃい」

伸子は苦笑したが、浅見の真情を疑う気持ちはなかった。

「姉さん、浅見くんはともかく、私にだけは悩みを打ち明けてもいいんじゃない？　一人も味方がいなくちゃ、心細いでしょうに」

「うん……」

伸子は天を仰いで大きく溜息《ためいき》をついた。浅見という男は、いくらこっちが隠したところで、結局、すべてを見通してしまうような気がした。それに、たとえあの「預かり物」を怪電話の男に渡したからといって、それで何もかもがハッピーエンドになる保証はないのだ。

「分かったわ」

仲子は立った。

「こっちへ来て」

光子は従えて書斎に入った。踏台を使って天袋から問題の箱を下ろした。外側の包装紙をひろげ、桐箱《きりばこ》の蓋《ふた》を開ける。

「いい、驚くんじゃないわよ」

まるで魔術師のような手つきね——と笑いかけた光子の顔がこわばった。

「何？　これ……」

黒みがかった首の彫刻を指差して、ほとんど叫ぶように言った。

「どうしたのよ、これ？　たいへんなものがあるのね」

「驚いたでしょう。私だってこれを開けた時は心臓が停《と》まるかと思ったわ。自分の首が現われたんだもの」

「自分の首？……」

光子は姉の顔と「首」を見比べて、吹き出すように笑った。

「姉さんの首じゃないわよ、これ。これは高村光太郎の『女の首』よ。やあねえ、何を勘違いしてるのよ」

「えっ？　どういうこと？……」

仲子は妹の哄笑《こうしょう》の意味が分からずに、キョトンとした目になった。

「ほら、いつか宮田さんと高村光太郎・智恵子展に行ったでしょう。あの時、宮田さんが見惚《みと》れていた『女の首』、あれがこれなのよ。ううん、これそのものじゃないけど、同じモチーフの作品だったわ。でも、これ、本物かしら？　ねえ、これどうしたの？　買ったの？　高かったでしょう？」

たたみこむような質問に、しばらくのあいだ仲子は茫然《ぼうぜん》としていた。この「女の首」がここにある理由を説明し終わるのには、それから十数分かかった。

光子はすぐに浅見に電話を入れた。それをおしとどめようという意志は、もはや仲子には湧《わ》かなかった。

光子の話を聞くと、浅見は「分かった」と言った。仲子がなぜ豹変したのか、その気持ちは聞くまでもなかった。むろん仲子を責める気もない。それより、真杉夫妻の絆《きずな》の固さを羨《うらや》む気持ちのほうが強かった。

——一つだけ仲子さんに確かめてみてくれないか。

浅見は言った。

「ちょっと待って、姉に代わるわ」

光子は躊躇《ためら》う伸子の手に受話器を押しつけた。伸子が口ごもりながら挨拶《あいさつ》をするのに、浅見は構わず、前置き抜きで用件を言った。

――その彫刻が送られてきたのはいつのことか分かりますか？

「いえ、私は知らないんです。受け取ったのは主人ですから」

――しかし、外装が残っているのなら、そこに送り状が貼《は》ってあるでしょう。その発送の日付を見てください。

「あ、そうですね」

伸子は慌てて送り状の取り扱い年月日を調べた。

「七月五日になってますけど」

伸子が受話器に向かって言うと、浅見はいきなり笑いだした。

――しっかりしてくださいよ。

笑いながら言った。

「どうしてですか？　何が？……」

――だってそうでしょう。七月五日に送った荷物なら、お宅に到着したのは早くても七月六日でしょう？　それをご主人が見て、それからどうやって宮田さんを殺したりできるんですか？　宮田さんは七月五日にはすでに死んでいるのですからね。

「あっ……」

仲子は腰の力が抜けたような気がした。自分が救いようのない阿呆《あほう》であることに、この際はむしろ感謝したい気持ちだった。

――それより仲子さん。

浅見は放心状態の仲子を励ますように言った。

――送り状に取り扱い店が書いてあるはずですが、どこから送ったか見てください。

「は、はい……。ええと、ヤマサ運輸の……ええと、本社は東京だけど、取り扱い店ってどこに書いてあるのかしら？……」

仲子は送り状を眺め回して焦った。宛名《あてな》と送り主の住所・氏名は書いてあるし、「ヤマサ運輸」の本社や支社、営業所の主だったものは印刷されているのだが、扱い店のものはない。

――もしかすると、スタンプに書いてありませんか？

浅見が電話のむこうから叫んだ。

「あっ、ありました」

浅見の言ったとおり、丸いスタンプの下のところに営業所名も入っている。

「これ、何て読むのかしら。ウママチ営業所かしら？……」

――マジですか？

浅見は怒鳴った。

「そんな、失礼ですよ、ちゃんと真面目《まじめ》にやってるんですから」

――そうじゃないんです。それ、マジって読むんですよ。

「えっ？　そうなんですか。マジっていう地名があるんですか……。え？……、じゃあ、もしかしたらあの時の……」

さすがに、伸子にも閃《ひらめ》きの脳力は残っていたようだ。

――そうです。怪電話の男が言った『マジ』はその地名だったのですよ。そうでしたか、宮田さんは馬路からその荷物を送ったのですか……。

なんとも言えない感慨が、浅見の口調に籠《こ》められていた。

その夜、浅見は荻窪《おぎくぼ》の真杉家をはじめて訪れた。その時間にはすでに真杉民秋も帰宅していて、真杉夫妻と浅見と、それに光丁を交え、夜の更けるのも忘れて語りあった。

「あの荷物を開けたのは、べつに何の意識もなかったのだよ」

真杉はそのことを何度も強調した。

「仲子宛てに送られた荷物だからって、どうせお中元か何かだと思ってね。そうしたら中から仲子の首が出てきたのだから、そりゃ驚いたよ。ねえ浅見さん、分かるでしょう？あなただって愛する妻の生首が——いくら彫刻だからといって——現われたら度胆《どぎも》を抜かれると思いませんか？」

「思います。ご主人が驚かれたのは当然だと思います」

「でしょう？　僕はとっさに、こんなものは仲子には見せられないと思いましたね。いや、何度も言うようだけど、送り主が宮田さんだということを気にしたわけじゃないよ。宮田さんが仲子を好いていたらしいことは、うすうす知っていたけれど、そんなつまらないことにやきもちを焼くほど、僕も自信のない男じゃないからね」

「そんなことわざわざ言わなくても、分かってますよ、あなた。光子が笑ってるじゃないですか」

仲子は苦笑しながら窘《たしな》めた。

「そうか、語るに落ちたかな」

真杉はあっさりそう言って、苦笑いした。

「とにかく、その時はそういうことで、戸棚の中に仕舞い込んでおいたのだが、それから何日かして、もっと驚くことが起きた。なんと、宮田さんが殺されたらしいっていうのでしょう。これでますます首の存在が重大なことになったと思いましたね。宮田さんの事件に、仲子が関《かか》わりあっている——と、てっきりそう思ったのですよ。それに、その後の仲子の態度を気にしていると、どうも様子がおかしい。妙な電話もかかってくるし、浅見さんとかいう、変な——いや、失礼、その時はそう思ったのですから——人とひそかに連絡している気配も怪しい。僕に何か隠しごとをしているのがはっきり分かる。まあ、仲子が僕を疑ったのと同じようなことを、僕のほうも疑っていたというわけです」

「だったら、どうしておっしゃってくださらなかったの？　水臭いわ」

仲子は鼻を鳴らした。

「そんなこと、言えるものか」

真杉は眉《まゆ》を上げて言った。

「僕は何も知らないことにして、とにかくきみを守ることだけを考えたんだよ。この『首』さえ隠し通せば、警察だってどうすることもできないだろう——と思ってね」

「私もまったく同じこと考えてたのよねえ。だから、浅見さんにはぜったい知られてはならないって思って。やっぱり夫婦なのねえ」

「勝手にしなさいよ」

光子が伸子の肩を突いた。伸子はよろけて夫にすがりつくような恰好《かっこう》になって、全員でどっと笑った。

「でも、これでいいっていうわけじゃないのでしょう?」

伸子は真顔に戻って、浅見に言った。

「いぜんとして、怪電話の男はこの『首』が欲しいのだろうし、返事の期限は明日に迫っているんですから」

「その怪電話の男というのは、いったい宮田さんの事件にどういう関係があるのですかねえ?」

真杉も浅見に訊いた。

「宮田さんを殺した犯人なのですか?」

「僕はそうじゃないような気がしています」

浅見は言った。

「もし犯人ならば、宮田さんが送った荷物の行方を、これほどしつこく、しかも恐喝まがいのことまでして追うような、危険な真似《まね》はしないと思うのです。警察に知れたら、いっぺんに怪しまれますからね。まかり間違えば、別件の容疑で取り調べる、絶好の口実を与えるわけです。それにもかかわらず、『首』に固執したのは、もちろん、この首の価値を知っているからでしょうし、同時に、自分は宮田さんを殺した犯人ではないという、ある種の自信のようなものがあったからだと思います」

「でも、宮田さんがこの荷物を送ったことを知っているのだから、宮田さんの事件にぜんぜん関係のない人物とは考えられないのじゃないかしら？」

光子が疑問を投げかけた。

「そのとおりだよね。たしかに怪電話の男は宮田さんを殺した犯人を知っているにちがいない。しかし、自分自身は殺人の実行とはぜんぜん関係がないと、安心しているふしがある。たとえば完璧《かんぺき》なアリバイがあるとかさ。いや、多少の不安があるとしても、それを冒してでもあの『預かり物』を手に入れたい欲望のほうが強いということなのかもしれないね」

「それで」と真杉は浅見に言った。

「結局、この事件はどういう筋書きになっているのですか？　いったい、宮田さんを殺したのは誰《だれ》だというわけですか？」

「そんなこと、いくら浅見さんだって、まだ分かるはずないじゃありませんか」

伸子が夫を窘めるように言った。

「いや、僕はだいたいの筋書きは分かりましたよ。この『首』が出てきたことで、いままで謎《なぞ》だった部分のほとんどが一気にクリアになりましたからね」

「ほんとですか?」

真杉が感に堪えぬという顔をした。

「で、犯人は誰なのです?」

「それはまだ言えません。ただ、はっきり言えるのは、ここにいらっしゃる三人の方は違うということだけです」

「まあひどい。それじゃまるで私たちまで疑っていたみたいじゃないの」

光子が口を尖《とが》らせた。

「もちろん疑っていたよ」

浅見はケロッと言ってのけた。

「人が殺された場合、その当人以外はすべて犯人である可能性があると疑ってかからなければならないのだからね」

「へえー、そんなこと言ったら、浅見くん自身、自分が犯人であるかもしれないって疑ったわけ?」

光子がからかうように言った。

「そうだよ、僕だって例外じゃないさ。本人は気がついていないけど、無意識のうちに宮田さんを殺していたのかもしれない。だからいつだって僕は、犯人探しを始める前に、まず自分のアリバイがしっかりしていることを確認できると、はっとするんだ。いや、ほんとの話だよ」

浅見はニヤニヤ笑いながら言った。

2

杉並区浜田山はまだところどころに畑地も残るほどの、閑静な住宅地である。「浜田山」という地名は、江戸の大分限・浜田屋の持ち山であったところからきているのだそうだから、かつては鬱蒼《うっそう》とした山林だったのだろう。いまは井《い》の頭線《かしら》の通る、よく整備された街になってはいるが、東京もこの辺りまでくると、どこかに武蔵野の面影がある。ケヤキの大樹が天空高く聳《そび》え、オナガやカケスの姿も見ることができる。

柴山亮吾の家は敷地内にそういう大樹が何本か立つ、かなりの邸宅であった。垣根越しに、芝生や植え込みなど、手入れの行き届いた、可愛《かわい》らしい庭が見えた。柴山大人だろうか、白いツバ広の帽子をかぶった女性が花に水をやっている。そういうのを見ると、浅見は意気込んで来た気持ちが鈍る。ここにあるのはごくふつうの家庭なのだ――と思ってしまう。その幸福な家庭を破壊する魔界の使者のような後ろめたさを感じてしまう。

すでにアポイントメントを取ってあるせいか、門は開いていた。門の中の駐車スペースにＢＭＷが置いてある。いい暮らし――というより、派手な暮らしという印象だった。家の造りや白タイルの壁、大きな出窓、ピッカピカの金具のついたドア……。

大学の助教授というのは、こんなに裕福な暮らしができる職業なのか――。

「なに、まだ半分しか自分のものになっていないのですよ」

浅見が「結構なお住まいで」と言ったのに対して、柴山は軽薄そうに「ははは」と笑ってから、そう言った。細い銀縁眼鏡の端をちょっと持ちあげるような癖も、あまり好感が持てなかった。

（あの男だ――）浅見は初対面の瞬間、分かった。新宿中央公園で写真に写った「怪電話の男」が目の前にいた。真杉伸子に確認させるまでもないと思った。

遠くから見た時には、もっと老けて見えたのだが、近くで見ると、顔の色艶《いろつや》や髪の毛の様子など若々しい。柴山の実際の歳《とし》もまだ四十そこそこ、真杉より若いのだそうだ。

「で、今日は光太郎と智恵子《ちえこ》の愛についてお聞きになりたいのでしたな」

柴山は上機嫌である。浅見はある出版社の名を借りて、「智恵子生誕百年・光太郎没後三十年を記念する特集号」の取材を――と申し込んだ。記事の扱い方や謝礼の額を聞くと、すぐにOKを出してくれた。

「じつは、最近読ませていただいた先生の著書の中に、高村光太郎という人物は、芸術においても愛においても、西洋的であろうとしてついになりきることができなかった人である——というようにお書きになっているのを拝見して、いままでの光太郎論とは一風、異なった視点に立っておられると思いました。芸術に関しては私などにもなるほどと理解できるような気がするのですが、智恵子との愛においてもそうだというのは、たいへん興味ある部分ですし、とくに女性読者を多く持つ本誌としては、先生の生《なま》のお声で、そのあたりのことについて解説していただければと考えたわけです」

「なるほど、まあ、光太郎と智恵子の愛の世界というと、何か非常に高踏的で、神聖にして犯すべからざる——といったとらえ方をしている人が多いですからね。僕のように土足で踏み込むような真似は、ひょっとすると異端なのかもしれない。しかしですね、光太郎と智恵子の愛の顚末《てんまつ》を冷静にみれば、明らかにあれは破綻《はたん》ですよ。それをあたかも昇華であるがごとくに賛美するのは、自己欺瞞《ぎまん》もはなはだしい。僕に言わせれば、光太郎の芸術そのものも、彼が本来目指した世界からすれば破綻であり挫折《ざせつ》であったと思うのです。たとえば『根付の国』という詩があるのをご存じでしょう」

「ええ、知っています。先生のご著書の中でも、その詩を引用されていました」

高村光太郎の芸術観、日本人観を示すものとして、柴山は著書の中に次の詩を掲げた。

根付の国

頬骨が出て、唇が厚くて、眼が三角で、名人三五郎の彫つた根付の様な顔をして
魂をぬかれた様にぽかんとして
自分を知らない、
こせこせした、
命のやすい、
見栄坊な
小さく固まつて、納まり返つた
猿の様な、狐の様な、ももんがあの様な、だぼはぜの様な、麦魚《めだか》の様な、鬼瓦の様な、
茶碗のかけらの様な日本人

「これなど、人によっては光太郎の愛国心の裏返しだなどと、うがった見方をするけれど、額面どおりに受け取れば、明らかに日本や日本の芸術的土壌を侮蔑《ぶべつ》したものですよ。明治の末にパリから帰朝してまもない頃《ころ》の光太郎が、客観的に日本および日本人を批評して、

むしろ正直に、その気持ちを吐露したものだと思いますね。彼が智恵子に宛てた手紙の中には、親からの脱皮、日本的なものからの脱皮に苦悩している気持ちが描かれている。これは男女の愛についても同じだったと思うのです。光太郎はそういう自分の理想に近い像として、智恵子を選んだ。智恵子は当時、『新しい女』の一員として、日本的な因循《いんじゅん》から脱皮しようとする生き方をしていましたからね。世間の誹《そし》りを受けながら、智恵子との同《どう》棲《せい》生活に入ったのも、日本的なものへの反撥《はんぱつ》であったと思うのです。しかし、光太郎にしろ智恵子にしろ、本質的には日本的なあまりにも日本的な資質を引きずっていたのでしょう。それは智恵子が故郷を捨て、ある意味では自分を狂わせた故郷を憎んでいたにもかかわらず、狂気の世界では彼女をして『東京に空は無い』と素直に言わせるほど、望郷の想《おも》いやみがたきものがあったのと通じるものです。ともかく、光太郎が智恵子に対して、過度の幻想を抱き、それを彼女に押しつけたことはまちがいないでしょうね。智恵子は確かに当時とすればすばらしい女性の一人であったにはちがいない。しかし、光太郎・智恵子のそういう愛のかたち自体がすでにあまりにも日本的であったというべきではないでしょうか。智恵子はほとんど宗教的にといっていいほど崇拝する高村光太郎に迎合するために、自分を矯《た》めようと努力し、あげくの果て、挫折し絶望し狂ってしまった。彼女の芸術は正気でいる時には一つとしてものにならなかったのだが、皮肉にも、彼女が病床で作った、千点以上もの素朴な切り紙の絵が、高く評価されているのです。要するに光太郎に枷《かせ》をはめられているあいだは、智恵子の精神には自由はなかったということでしょう。もし智恵子が光太郎でない男と結婚したとしたら、どれほどか幸福だったろうし、もしかすると、芸術家としても大成していたかもしれない——などと、僕はつい考えてしまうのですがね。そういう意味では、高村光太郎という人物は智恵子という一つの人格を破滅させた加害者でもあったわけですよ」

浅見は柴山の長い話を聞きながら、智恵子のイメージを真杉伸子のそれと置き換えていた。もちろん、その場合、光太郎は宮田治夫である。宮田は伸子を偶像視しつづけて生きていたのではないか——と思った。

「たしかに、先生のおっしゃるとおり、不幸な結果に終わりはしましたが、しかし、私のような凡人は、光太郎のそういうひたむきさは、たいへん素晴らしいもののように思えてしまいます」

浅見は宮田の魂を慰める想いを籠めて、言った。

「じつはですね、私の知人に、いまは人妻となったある一人の女性を想いつづけて、結婚もしないでいた人物がいたのです。その男はまさに高村光太郎的にといってもいいようなひたむきさで、その女性を愛したのですが、不幸なことに、ある事件に巻き込まれて殺されました」

「ほう……」

　柴山の顔に暗い影が射《さ》した。

「宮田という人ですが、たしか先生ともお知り合いでしたね」

「ん？　宮田、さん？……」

　いきなり目の前に匕首《あいくち》を突きつけられたように、柴山はギクッと体を浅見から離した。

「そうです宮田さんです。あれは六月のなかば頃でしたか、『智恵子抄』の戯曲化にあたって、先生のところにお邪魔していろいろお話をお聴きしたと言ってましたが」

「ん？　ああ、いや、そういえばそういう人が見えたような気がしますが……。なにしろ客が多いもんでしてね、よく憶《おぼ》えてはいないのですよ」

「そうですか？　センチュリーホテルでもお会いしたそうじゃありませんか」

「ホテル……」

　柴山は急に眉をひそめて、浅見を見た。

「あなたはどういう……、雑誌の取材が目的ではないのかね？」

「いえ、もちろん取材が目的です。宮田さんのことはついでの話です」

「だったら、その話はこれでやめなさい。あまり愉快な話ではない」

「それでは宮田さんのことはこれぐらいにしますが、真杉さんのことはどうでしょうか。いえ、K大助教授の真杉民秋氏ではなく、奥さんの真杉伸子さんです」

「きみ……」

柴山の眼《め》に、はっきり憎悪と恐怖の色が浮かんだ。

「きみはいったい……、何が言いたいんだね？　いや、その前に何者なのかね？」

「宮田治夫さんの友人です。真杉伸子さんの友人でもあります」

「ふん、それじゃあ、このことは真杉助教授も知っているわけだな。ここにきみを寄越《よこ》したのは、真杉君の差し金かね？」

「いいえ、真杉氏は何も知りません」

「だったらこの僕が知らせてあげようかな。こういう恐喝じみた、怪《け》しからん行為が行なわれているという事実をだね……。いや、むしろK大の教授会か学長にでも知らせたほうがいいかもしれない」

「それとも、いっそ警察にお知らせになったらいかがでしょうか？」

浅見はニコニコ笑いながら言った。

「新宿中央公園で撮影したあなたの写真は、なかなかよく撮れていました。ヘッドホンをつけた姿は、まるで若者のようでしたよ」

「なにっ？……」

　柴山は浅見を罵《ののし》ろうとして、絶句した。

「それとももう一つ、富沢さんのことも警察におっしゃったらいかがですか？」

「………」

「ほら、二本松の岳《だけ》温泉で殺された富沢さんですよ。富沢さんは福島へ行く前に、先生と会われたのでしょう？　いや、それとも、ご一緒に二本松へ行かれたのですか？」

　浅見は言葉を切って、じっと柴山を見つめた。柴山はそっぽを向いて、浅見の攻撃に耐えているような顔をしていた。

「もし差支えなければ、六月二十二日に何があったのかも、お聞かせいただけるとありがたいのですが」

　浅見は止《とど》めを刺すつもりで言った。

　しばらく沈黙が流れた。ふと浅見は、啜《すす》り泣きのような声を聴いて、思わず周囲を見回した。

　声はしかし、柴山の喉から洩《も》れているのであった。柴山はしだいに声を大きくして、最後は「あははは……」と堪《こら》えきれないように哄笑した。

「浅見さん、あんた、さっきからおかしなことばかり言って、善良な市民を脅そうとしているが、僕にはいったい何のことやらさっぱり分かっていないのだよ。宮田さんがどうしたとか、富沢さんがどうしたとか、いったい何の話なのかね？　六月二十二日ですと？　それがどうしたって言うのかな？　あんた、僕のところへなんか来るより、精神科の医者でも訪問したほうがいいんじゃないか？」

予想外の逆襲であった。これだけの材料を揃《そろ》えれば、大抵はギャフンと参るだろう――というのが浅見の読みだ。柴山は参るどころか、まったく動じていない。なぜ、柴山がこれほど平然としていられるのか、浅見は理解できなくなった。

「さあ、帰ってもらおうか。これ以上わけの分からないことを言うと、本当に警察を呼びますよ」

浅見は素直に立った。警察そのものは怖くないけれど、警察庁刑事局長の兄に迷惑がかかることは恐れなければならない。

「では帰りますが。そうしますと、柴山さんは、真杉さんのところにある、光太郎の彫刻をお入り用ではないというわけですね？」

「光太郎の彫刻？　そんなものがどうかしたのかね？　それより、真杉君に会ったら言ってくれたまえ。妙な画策で教授の椅子《いす》を狙《ねら》おうなどと、姑息《こそく》な真似はしないほうがよろしい――とね」

応接室のドアを開けた柴山は、むしろ威風堂々として見えた。

(負けた――)

浅見は柴山家の門を出ながら悟った。材料を揃えていたつもりだが、考えてみると、柴山を追い込むべき決定的なものは何ひとつなかったのだ。唯一の物的証拠といえば、新宿中央公園で撮った写真ぐらいなものである。しかし、あの写真があるからといって、それで犯罪が立証されるというものではない。柴山はそのことに気付いたから、あんなふうに浅見を笑ったのだ。そうにちがいない。

それにしてもいまいましい結末であった。浅見は柴山ののけぞるようにして笑った顔を思い出して、唾《つば》でも吐きたい心境だった。

――宮田さんが？　富沢さんが？　六月二十二日がどうしたですと？――。

柴山の甲高《かんだか》い声が耳朶《じだ》に蘇《よみがえ》る。

「六月二十二日」と言う時には、少しは表情を変えるかと思って注視していたが、かえって安心して面白がっているようでさえあった。そうしてみると、六月二十二日というのは、結局、何の意味もない日だったのだろうか？――。

浅見はセンチュリーホテルの電話コーナーで、柴山が「マジでか？」と言ったという、その情景を、まるで自分が目撃でもしたかのように思い浮かべることができた。

六月二十二日に、柴山はたしかに「馬路《まじ》でか?」と言ったのだ。なのに、柴山は浅見が言った「六月二十二日」にはまったく反応を見せなかった。これはどういうことなのだろうか?——。

ソアラに乗って、何気なくルームミラーの下のデジタル時計を見た。数字が「10:21」から「10:22」に変わった。

(あっ——)と思った。

「ばかなことを……」

思わず呟《つぶや》いた。どうして(六月二十二日)と思い込んだのか、われながら呆《あき》れ果てた。六月二十二日には、単に電話のやりとりがあったにすぎないのではないか。柴山が「マジでか?」と驚いた「何か」は、実はその前日の六月二十一日に起きた可能性の方が強いのだ。怒るより笑いが込み上げてきた。通りがかりの女性が、気味悪そうに浅見の顔を覗《のぞ》いて行った。

3

八月十五日、浅見はふたたび島根県へ飛び、馬路の久永を訪ねている。南の海上はるかに台風が接近中だそうだが、山陰路は快晴、無風——。お盆休みとあって、行楽の車で道路は遅々として進まない。レンタカーのラジオで甲子園の野球放送を聴きながら、のんびりしたドライブになってしまった。

馬路に着いたのは午後四時過ぎ。すでに夕風が立っていた。

久永家は周囲の木々の濃密な緑に覆われ、ヒグラシの声の賑《にぎ》やかさとは対照的に、しんと静まり返っていた。

久永は野球には興味がないのか、家の中はテレビもラジオも鳴っていない。まるで世の中の動きに背を向けたような気配が伝わってくる。

浅見が玄関に立って「ごめんください」と声をかけると、このあいだと同じように、のそっと久永が現われた。

久永は浅見の顔を見ると、たちまち眉を曇らせた。

「先日はどうも失礼しました」

浅見は快活に言った。

「ああ、どうも……」

久永は挨拶を返したが、愛想は悪い。

「申し訳ないが、いま仕事中なもんで……」

また出直してきてくれ——と露骨に言いたそうな顔をした。

「あまりお邪魔はしません。じつは先日、東京で国際的なオークションがあって、その時にちょっと珍しいものを見たものですから、久永さんのご意見をぜひお聞きしたいと思いまして」

「はあ、何ですか？　珍しいものというと」

「根付《ねつけ》です。蟬《せみ》の根付です」

「蟬？……」

案の定、久永は興味を惹《ひ》かれたらしい。

「ええ、それも、高村光太郎の作品だというのですが、はたして本物かどうか……」

浅見はバッグの中から封筒を出して、十枚ばかりのキャビネ判の写真をとり出した。

「これなんですがね。僕が撮影したもので、あまりよく撮れていませんが」

写真の束を久永に渡した。

久永はひどく緊張しているように見えたが、最初の写真を眺めてすぐ、ほっとした様子だった。しかし、それとはべつの関心が湧いたらしく、一葉一葉、丹念に見入っている。

椎《しい》の木の枝にアブラゼミが止まっている根付で、これは浅見が駒田勇に頼んで、なるべく高村光太郎の「蟬」に似せて彫ってもらったものだ。写真はその作品をいろいろな角度から写した。

「いかがですか？　それは光太郎の作品なのでしょうか？」

「違いますね。光太郎ではない。しかし、なかなかいい作品ではありますよ」

久永は一応は褒めたが、満足した顔ではなかった。

「この人はあまり蟬なんかには慣れていないのでしょうな。いや、ひょっとするとはじめて彫ったのかもしれん。この蟬は生きておらんのです。死んだ蟬です」

浅見は表情には出さなかったが、久永の炯眼《けいがん》に驚いた。じつはこのモデルになった蟬は駒田の息子が近所で摑まえてきた蟬で、むろん死んでいたものだ。

久永の写真を捲《めく》るスピードが早くなった――と思った時、ふいにその手が止まった。

「これは……」

低いが、はっきりそれと分かる、驚きの叫びを発した。浅見はつられるように、久永の手元を覗き込んだ。

その一葉には、例の「女の首」が写っている。

「は？　あ、そんなのも混《ま》じっていましたか。それも出品されたものの一つでしたが、たしか三千万ぐらいの値がついたのじゃなかったかな？……」

「三千万……」

久永は呻《うめ》いた。

「それも光太郎の作品で、最近、福島県の旧家で発見されたものだそうです。光太郎と智恵子がむこうの温泉に滞在中に彫ったものだろうというのが、柴山先生の説でした」

「柴山？　というと、これは柴山——さんが出品したのですか？」

「ええ、そうですよ。入手先は秘密だとか言っておられましたがね、いかがですか、その作品は。本物でしょうか？」

「ん？……、ああ、どうでしょうか……」

久永は写真を睨《にら》んだまま、曖昧《あいまい》な返事をした。

「あ、どうも長い話になってしまって、申し訳ありません。それでは……」

浅見が言って、手を出そうとすると、久永は写真をちょっと引っ込めた。ほとんど無意識にそうしたのだろうけれど、浅見は思わずニヤリと笑ってしまった。

「この写真、ちょっと預からせてもらえませんか」

久永は慌てたように言った。

「もう少し詳しく見てみたいので……。とくに首のほうを……」

また写真に視線を戻した。もう浅見の存在など、どうでもいいような気になっているらしい。

「ええ、それはかまいませんが……。ところで、もう一つ写真を見ていただきたいのでした」

浅見は言って、バッグのポケットから写真を出した。

「この人なんですが、久永さんはご存じじゃありませんか？」

「ん？……」

久永は面倒臭そうに写真を見た。

「ああ、この人なら知っていますよ。広富さんいいましたか」

「はあ、広富さん、ですか……」

浅見は呆れてしまった。「広島」の「富沢」だから「広富」というわけか――。宮田の宮下と同様、とっさに用いる偽名は、割と安直なものだ。

「この広富さんは、久永さんのお宅に来たことがあるのですね？」

「ええ、来ました。あんたと同じに、作品を見たいいうて……」

「それはいつのことですか？　たしか六月二十一日ではなかったかと思うのですが」

「ああ、確かその頃です。土地の者に私の評判を聞いたとか言うて、ぜひ作品を見せて欲しいと……。しかし、この広富さんがどうかしたのですか？」

「亡くなりました」

「えっ？　死んだ？　それはまた、どうしたのですか？　病気ですか？」

「自殺です」

浅見は平然と言った。

「僕がこの前お邪魔した時に、ちょっと言ったと思うのですが、例の柴山先生に売った品の代金が焦げつきまして、それが原因で店が倒産したのです。まあ、そのことを苦にして自殺したのだろうというのが、もっぱらの噂《うわさ》でした」

「柴山、先生ですか……」

久永は吐き捨てるように言った。

「やりそうなことだ」

「そうですね。あの先生は嘘つきでどうしようもないという評判です。僕も付き合いがあるので、悪口は言いたくないのですが、言ってることが嘘ばかりで、しょっちゅう騙《だま》されていますよ。ですから、この写真の作品だって本物とは思えないのです」

「…………」

久永はついに黙りこくってしまった。目が据わっている。

（ちょっと薬が効きすぎたかな――）

浅見は思った。

浅見はそれから江津署《ごうつ》へ行っている。捜査本部は相変わらず開店休業のように閑散としていて、捜査が進展している時特有の、活気と緊張感がない。

井手警部はスポーツシャツ姿で襟首の汗をしきりに拭《ふ》きながら、「参りましたよ」とぼやいていた。

「どうもねえ、宮田いう人が江津に何をしに来たのか、誰に会いに来たのか、さっぱり雲を摑むようなありさまでして……。浅見さん、何かいい情報はありませんかねえ」

「情報はありませんが、お願いがあります」

浅見は笑顔で言った。

「はあ、お願い、ですか……」

井手は、そんなものはこの際、して欲しくない——という顔である。

「何ですか？　その頼みというのは」

「ある人物を張っていただきたいのです」

「そらまあ、犯罪に関係があるというのならやらんこともありませんが。それ、何ですか？　誰を張れいうのですか？」

「もちろん犯罪に関係ありです。目標《ターゲット》は仁摩《にま》町馬路の人で、久永松男という人です」

「久永、ですか……。その男、何をやらかしたのですか?」

「いえ、いまのところはまだ何もしていませんが、これから殺人を犯すかもしれません」

「殺し?……」

井手はうんざりしたように、目尻《めじり》のほうで浅見を眺めた。冗談は休み休み言え——と言いたげだ。

「殺すって……、その久永いうのはヤクザか何かですか?」

「いえ、ただの真面目《まじめ》な彫物師ですよ」

「その真面目な男が何だってまた……。誰を殺すのですと?」

「柴山亮吾という人です」

「そりゃまた、何者です?」

「東京の、K大学の助教授です」

「東京? そうすると、久永という男が東京へ、柴山という先生を殺しに行くということですか?」

「その恐れがあります。ですから、いまからすぐに、久永氏の動きを張っていただきたいのです」

「いますぐ、ですか?」

「そうですねえ。いますぐに動きだすとは思いませんが、何とも言えません。この際、要心するに越したことはないでしょう。ご苦労さまですが、早目にお願いできればと思います。ただし張り込んでいることを、絶対に相手に気付かれないこと。気付かれたら失敗に終わります」

「いや、浅見さんの前だが、そういう捜査のテクニックについては警察に任せておいてもらいたいですなあ。モチはモチ屋ですよ。しかし、そうすると、東京まで捜査員を尾行させることもあり得るいうことですか？」

「もちろんです。その尾行が肝心なのです。ただし、尾行に入った時点で、次の手を打つようにしますが」

「ふーん……、そこまで考えているわけですか。しかし、いったいこれは何の事件なのですか？　まさか、宮田さんの事件とは関係ないのでしょうね？」

「いや、宮田さんの事件そのものですよ。いまは細かい説明をしているひまはありません。とにかくことは急を要すると思って、捜査員を馬路に派遣してください。くどいと叱《しか》られそうですが、張り番と尾行はくれぐれも覚《さと》られないようにお願いします」

「分かりました」

井手はすぐに橋田部長刑事以下、四人の刑事に二人交代で張り込みをやるよう命じた。

午後七時には久永家を見通すことのできる場所に車を置き、張り込みが始まっている。

その夜は別段の動きはなかった。夜が明けても久永は動かない。ジリジリと照りつける太陽の下、車の中にじっと潜んでいる張り込みは辛《つら》い。

正午を過ぎる頃になると、さすがの刑事連中も参ってきた。ほんとうに動くものかどうかも分からない相手だ。いいかげんいやになってきた午後三時、久永家から男が現われた。スポーツシャツに紺色のズボンという軽装だが、ボストンバッグを持っているところを見ると、どうやら旅行に出掛けるらしい。

男は張り込みの車に注意を向けることもなく、走るような速さで歩いて行く。

江津署にいて、刑事からの連絡を受けた浅見は、すぐに時刻表を開いた。

(出雲4号か——)

馬路発の普通列車は一五時三九分。大田市《おおだし》駅で追い越してくる「出雲4号」一六時二九分に接続する。翌朝東京着の唯一の直通寝台特急だ。

浅見は井手警部に後事を託して、秋本刑事を伴って江津駅へ向かった。「出雲4号」は一五時五〇分に江津を出る。

(鬼が出るか蛇《じゃ》が出るか——)

浅見は賭博師《とばくし》の心境になっていた。

4

久永松男はその夜、ついに一睡もできなかった。車輪がレールの継目を叩《たた》くごとに、憤《ふん》怒《ぬ》が突き上げてくるような気がした。

久永は嘘のつけない男だ。世の中には洒落《しゃれ》の通じない人というのはいるものである。ことに日本人はユーモアやジョークの下手な民族性だといわれている。それでも、古来「嘘も方便」というように、時には生活の知恵として嘘が許されることだってないわけではない。嘘が物事を丸く収めたり、スムーズに事を運んだりするケースはあるものだ。

だが、そういう良質の嘘でさえつけない人もいる。社交辞令や見え透いたお追従などはまるで苦手だ。そんなふうだから、他人の言ったことも丸々、ほんとうの話として受け取り、毫《ごう》も疑ったりすることができない。

だから年中、裏切られる。相手には「裏切る」などという大袈裟《おおげさ》な気持ちはないのだが、結果として、彼は裏切られ、傷つけられてしまうのだ。

久永という男もそういう極端な、病的といってもいい真面目人間の一人であった。世俗の知恵や要領のよさなどは、どう逆立ちしても身につかない。人付き合いが下手で、町に出ればしょっちゅう腹の立つことばかりだ。並の商売や会社勤めなど、できっこない。

そういうのは血筋なのかもしれない。親代々、木地《きじ》を相手にコツコツと鑿《のみ》を使うような仕事が続いているし、久永の父親も祖父も、偏屈で通った人間だ。そういう親を見ながら育ったから、久永自身は自分が変わり者だと少しも思ったりはしないのである。

よくしたもので、世間もそういう久永の性格を飲み込んで、ひっそりと暮らすに任せている。あの男は、あそこの家はそういうものなのだ——という黙契のようなものが周囲にはある。

さりとて忘れ去っているわけではない。どんな変人でも、悪人や怠け者でないかぎり、ちゃんと誰かが社会とのパイプ役を引き受けて、暮らしの立つようにしてくれる。そういうのが、日本の、ことに田舎の優しさなのである。

久永家の庇護者《ひごしゃ》は代々、江津の大庄屋《おおしょうや》である大沢家であった。大沢家はかつては石見北東部一帯の山林を支配していたから、木地師のほとんどが大沢家の庇護下にあったといっていい。現在はもちろん、そういう支配関係は消滅したが、久永のような世間付き合いのできない人間にとっては、いぜんとしてパトロン的な意識が継続している。

柴山亮吾はその大沢家の一族である。キザでイヤミな男で、人間としては久永にはもっとも苦手な——というより嫌いなタイプだが、大沢家の一族であるという「錦《にしき》の御旗《みはた》」がある以上、最高度の礼をもって遇しなければならない相手だ。

はじめ、柴山が、大沢啓次に連れられて、久永の仕事場を見た時には「ふん」というような顔をしていた。なんだ、ただの木彫り職人か——という態度がありありと見えた。

もっとも、だからといって久永は何とも感じない。そう思われて当然というのが、久永が育った環境だ。

その柴山が二度目に来て、いきなり「高村光太郎のレプリカを作ってみてくれ」と言った時には、久永は「レプリカ」の意味も知らなかった。

「早い話が複製品だよ」

柴山は言った。

「きみはいつまでも欄間《らんま》や、つまらない細工物をやってるだけの人間じゃないよ。きみがやるべきことは芸術だよ、芸術。あたら才能を埋もれさせてはいけないな」

「ですが、僕にはそんな、芸術なんてものを作れるほど、人それた才能があるのでしょうか？」

「あるとも、あるに決まっているじゃないの。ほかの者は気がつかないかもしれないが、僕には分かる。それに、きみ自身、気付いているんじゃないの？」

「はあ……、いや、そんな……」

「いや、気付いているのさ。こんなつまらない仕事に甘んじていていいのか――って、そう思うことがあるだろう？　そうだよ、甘んじていてはいけない。きみは芸術家たるべき素質に恵まれていることを信じて、新しい方向にむかって精進しなければならない時なのだ。いま、日本にはすぐれた彫刻家がきわめて少ない。絵画をやる者は多いが、彫刻は長い修練と才能が必要なだけに、なかなか人材に恵まれない。そこへゆくと、きみは先祖代々培《つちか》われてきた彫刻家の血筋を生まれながらにして持っている。しかも子供の頃から慣れ親しんだ手練《てだれ》の鑿は天下一品だよ。僕が保証する、きみは高村光太郎以来の彫刻家たるべき人間なのだ」

柴山は一気にまくしたてた。烈々の気魄《きはく》さえ感じられる。久永はいっぺんにその気になってしまった。

「そこでだ。まず手初めに光太郎の技法を習熟するのがいいだろう。きみのテクニックは俗な仕事に狎《な》れて、芸術性を忘れてしまっているからね。それを取り戻すためには光太郎の精神を学ぶのがいい」

柴山は高村光太郎の作品集を見せて、とりあえず、久永のこれまでの仕事にもっとも近い――という理由から根付の細工にとりかからせた。蟬の根付の習作をいくつ作ったことだろう。かなりうまく出来たと思うものでも、柴山に言わせるとだめなのであった。

「これじゃきみ、まるっきり清水巌の作った蟬と同じだよ。こんな古色蒼然《こしょくそうぜん》としたのは、現代人の作るものではない。いいかい、いくら本物そっくりだからといって、たんなる写実ではだめなのだよ。要するに精神の問題なのだ。たとえば蟬の実際の翅《はね》は透明なほどに薄い。しかし彫刻でそれを真似てはいけない。それではブリキ細工になってしまう。生命の息吹《いぶき》などあるわけがない。いまにも飛び立つばかりの力強さがない。光太郎の蟬を見たまえ。粗削《あらけず》りだが、木物以上に本物だろう。人間の首を彫っても同じことだ。スベスベした肌をそのまま真似ても、それではただの仏像になってしまう。生きて、動いて、喋《しゃべ》る首にはならない」

たしかに柴山の言うことは、久永にとってはまったく未知の新しい世界であった。それが大嫌いな柴山の口から発せられた言葉ではあっても、真理という点で久永を感動させないはずがない。久永はたちまち高村光太郎の魅力にとり憑《つ》かれ、夜の目も寝ずに習作に没入した。柴山に言われた「蟬」をやる前に、自発的にさまざまな題材にアタックして、技術を磨いた。最初のうちは本来の細工物などの合間にやっていたのが、いつのまにか、主客が転倒した感があった。

そうして、ふたたびとりかかった「蟬」が完成した時、久永は思わず「やった！」と快哉《かいさい》を叫んだ。

出来上がったばかりの「蟬」を東京の柴山に送った。折り返し、賞賛の返事とともに五万円が送られてきた。

「よくぞここまで精進した」と書いてあった。五万円という金額が妥当なのかどうか、久永にはあまりよく分からなかったが、ともかく、これまでの「職人」から「芸術家」としての一歩を踏み出したのだと思うと、金に代えられない満足感があった。

柴山は次には高村光太郎の「女の首」に挑戦しろと命じた。これは「職人」の久永にとっては「蟬」とはまったく比較にもならない難物であった。久永も仏像は彫ったことがあるから、立体の把握はそれほど難しいとは思わないが、生命感を湛《たた》えた人間の首となるとどう表現していいのか、分からない。

「これを読みなさい」

柴山は高村光太郎の芸術論集『緑色の太陽』を送って寄越《よこ》した。そこに「人の首」と題する文章が載っている。

――私は電車に乗ると異常な興奮を感ずる。人の首がずらりと並んでいるからである。

――ロクでもない美術品の首より私はこの生きた首が大好きである。

――人間の首ほど微妙なものはない。よく見ているとまるで深淵《しんえん》にのぞんでいるような気がする。

こういう含蓄に富んだ言葉がいくつもちりばめられている。久永は（すごい――）と思ってしまった。これが芸術家というものなのか――と、そこに至るまでの遠さを思ってしまった。形ではない精神の問題だ――と言った柴山の言葉の意味がさらに理解できた。

それからはふたたび「女の首」との格闘が始まった。幾十もの木地を無駄にした。文字どおり血のにじむ研鑽《けんさん》が続いた。本人としてはまずまずかな――と思えるような作品も、柴山はひと目見ただけで、あっさり首を横に振った。久永の目の前で鉈《なた》を揮《ふる》って真っ二つにうち割った。時にはかなり自信の持てる作品もあったのだが、柴山は容赦はなかった。

柴山に対する鬱勃《うつぼつ》とした不満が、しだいに久永の胸の奥に醸成《じょうせい》されていった。不信感、疑惑、憎悪に近いものが湧いてきた。

しかし制作は休まなかった。そうしてついにこれは――と思う首が出来た。高村光太郎の「女の首」の写真と較《くら》べても、絶対に遜色《そんしょく》はないと思えた。しかもこっちは木彫だ。荒々しい鑿跡は光太郎の作品にない迫力を醸《かも》し出している。

（どんなもんだ――）

久永は「首」を見据えて、そのむこうにある柴山を睨んだ。早くこの首を見せてやりたい――と思った。

その翌日の昼近く、宮田治夫と名乗る男がやってきた。

「江津の大沢さんのお宅を訪ねる途中ですが、東京の柴山先生にあなたを訪ねるよう、言われてきました。いい作品を手がけているそうですね。すばらしい蟬の根付があるそうですが、ぜひ拝見したいものです」

宮田はそう言った。大沢家の客人で、しかも柴山の紹介なら、身元は確かだ。

久永は宮田を仕事部屋に案内して、まず「蟬」を見せた。柴山に送ったものとは別の作品で、柴山には「僕以外の人間には見せるな」と言われていたが、柴山のところから来た人間なら差支えないだろうと思った。

蟬の根付を見て、宮田は激賞した。「高村光太郎を凌《しの》ぐ」と何度も言った。

「さすがに柴山先生が褒めるのも無理はありませんねえ」

久永は有頂天になった。柴山以外に久永の「芸術」を評価した最初の人間に出会ったのだ。

（おれは高村光太郎を越えたのか――）

礼を言って帰りかける宮田を呼び止めた。

「せっかく来てくれたのだから、もっとすごいのをお見せしますよ」

久永はいそいそと、桐の箱に納めたばかりの「首」を出して見せた。

宮田は「首」を見た瞬間、言葉を失った。ほんとうに呼吸を止めてしまったのではないかと思えるほど、身動《みじろ》ぎもしないで「首」を眺め続けていた。

「どうでしょうか？」

待ちきれずに久永は感想を催促した。

「え？……、ええ、すばらしい……」

宮田は答えた。答えながらまだ「首」に見入っていた。作品が客に与えた衝撃の予想以上の大きさに、久永は満足した。

「この作品はこれから柴山先生のところに送るところです」

「あ、そうですか、柴山先生の……」

宮田は言いかけて、「いや、それはまずいんじゃないですか」と言った。

「送るのは危険ですよ。僕が持って行って上げましょう。どうせ今日、帰るのですから。そうですよ、そのほうがいい」

久永もそのほうがいいと思った。この「理解者」に抱かれていったほうがいいに決まっている。

久永は「首」の入った箱を丁寧に梱包《こんぽう》して、宮田に託した。宮田はまるで恋人の遺骨を抱くようにして、箱を大事そうに抱えて帰って行った。

柴山から電話が入ったのは、それからまもなくであった。「女の首は送ってくれたか」

と言っている。

「いえ、送るつもりでしたが、ついさっき、宮田さんに渡しました。今夜か明日の朝には先生のお宅にお届けするそうです」

——なにっ？　宮田がそこに行ったのか？

柴山は電話のむこうで怒鳴った。

——それで、宮田に首を渡したのか？

「はあ、送るよりそのほうがいいだろうと言うものですから」

柴山の様子がただごとでないのを感じて、久永は急に不安になった。

「いけなかったのでしょうか？」

柴山は「うーん……」と呻いた。呻いたきり、あとの声が続かない。

「あの、もし具合が悪ければ、大沢さんのお宅に行くとか言ってましたので、あちらに連絡してみたらいかがでしょうか？」

——分かった。

柴山は荒々しく電話を切った。

それからどういうことになったのか、久永は詳細は知らない。大沢啓次からも柴山からも何度も電話が入って、そのただならぬ様子から、久永はどうやらとんでもないヘマを仕出かしたらしいことに気がついた。しかし、それがどういう意味を持つものなのか、さっぱり見当がつかなかった。とにかく、はっきりしているのは、久永の「首」がそれっきり行方知れずになってしまったということだ。

それから何日かして、江川の河口近くで揚がった変死体が、東京の宮田治夫という人物であったこと、そして宮田は殺害されたものらしいことなどを報じる新聞を読んで、久永は震え上がった。

宮田という男の死が、あの「女の首」と無関係とは思えなかった。つまりそのことは、柴山や、ひょっとすると大沢の旦那《だんな》も関係している可能性があるということだ。

その大沢の旦那からは事件後、「宮田という男のことは誰にも喋るな」という電話があった。「こっちから連絡する以外、電話はするな」とも言った。柴山からの連絡は途絶えた。その後何度か、大沢からそれとなく警察の動きがないかどうか探る電話があった。「もし警察が来ても何も喋るな」と、そのつど念を押した。「きみのためにもならない」と脅した。

あの「首」はどうなってしまったのか、久永は片時も忘れはしなかったが、それを調べることのできるような雰囲気ではなかった。もちろん、柴山に、代金を——などと言えたものではない。心血を注いだ作品に未練も執着もあったし、売り渡すにしてもそれなりの報酬を貰《もら》いたい。それにも眼《め》をつぶって辛抱した。

その代わり、何も言ってこない柴山には、またぞろ不信感がつのった。

久永はふたたび「女の首」の制作にとりかかった。しかし、なかなか気分が乗らないのか、鑿の運びが思ったようにいかない。前の作品のようにやればいいのだ――と自分に言いきかせても、形すら定まらない。仕事机の下にはいたずらに削りかすばかりが増えた。

浅見という男が東京からやってきたのは、その頃であった。

「柴山先生は金に汚い――」

浅見からそう聞いて、ますます柴山への不信感と疑惑の素地は広がった。

その時に浅見から「殺された富沢さんを知っていますか」と訊かれた。瞬間、久永は宮田のことと錯覚してギョッとなったが、富沢という名前に心当たりはなかった。ただ、その事件も宮田の事件と繋《つな》がりがあるのだろうか――と漠然と思った。

それから半月経《た》ったが、その間いぜんとして「首」の消息は掴めない。柴山との連絡も絶えたままで、わずかに大沢啓次が時折、連絡してくる程度であった。それも「首」や宮田のことには触れない。つまらない根付やその他の細工物の注文をくれるだけだ。第二号の「首」も思うように進んでいない。

そういうところに、ふたたび浅見がやってきた。

浅見は東京のオークションに出品されたという、蟬の根付の写真を見せてくれた。作品としては大したものではないと思ったが、そういうものが出ているというのは気分がよくなかった。もしかすると柴山が他の誰かと契約して、作らせているのではないか——と邪推した。

そしてその直後、行方不明の「女の首」が写っている写真が現われた時に、久永の疑惑は頂点に達した。その「首」がオークションで三千万円の値がつけられたと聞いた瞬間、久永は頭にカーッと血が昇った。しかも出品者が柴山亮吾だというのだ。

（殺してやる——）

久永は本気でそう思った。柴山は宮田を殺し「首」を奪ったにちがいない。そのことはまだ許せる。宮田が「首」を横領したのを取り戻したということなのだろう。宮田に「首」を渡したのは久永自身にも落ち度があるのだから。しかしそのことを伏せたまま、久永に金も払わずにオークションに出品したという、そのやり方は許せなかった。

一夜明けても怒りは収まらない。どうするかいろいろ考えたあげく、とにかく東京へ向かうこと以外、思い浮かばなかった。柴山の胸倉をとっ摑まえて、直接事情を訊き出すしかないと思った。考えているうちに憤怒のボルテージはぐんぐん上がった。

久永の頭の中はそのことだけで一杯になった。放っておけば「女の首」が手の届かないところへ行ってしまうと思った。堪《たま》らなくなって家を飛び出した。家を出る時、ほとんど無意識のうちに、ボストンバッグの底に鑿を忍ばせた。

第七章　対決

1

東京には朝の七時前に着いた。乗り換えの人の流れに乗るように歩いていると、後ろから「久永さん」と声がかかった。ギクッとして振り返ると浅見というあの男の笑った顔が近づいてくる。

「やあ、あなたも同じ列車でしたか」

浅見は嬉《うれ》しそうに言った。人なつこい笑顔だが、久永としてはこの際、煩《わずら》わしかった。

「どちらへ？　柴山先生のお宅ですか？」

浅見は並んで歩きながら訊《き》いた。

「そうです」

「そりゃちょうどよかった。それならお願いしたいのですが、先生にお土産を届けていただけませんか」

浅見はバッグから包みを取り出した。

「これ、江津《ごうつ》名物の敬川饅頭《うやがわまんじゅう》。柴山先生に頼まれたんですが、正直言ってあの先生のお宅、あまり行きたくないんですよね」

浅見は顔をしかめて、言った。

「荷物でしょうが、お願いします」

押しつけられて、久永はいやとも言えずに包みを受け取った。浅見は相手の気が変わらないうちにとでも思うのか、「ではまた」と手を振って、急ぎ足で消えてしまった。

包みはバッグに仕舞ったが、久永としてはこれを柴山に渡すような友好的な状況になるとは思えなかった。

駅のホームでパンと牛乳で腹ごしらえをした。駅員に尋ね尋ねして、井《い》の頭《かしら》線の浜田山駅に着いたのは九時過ぎだった。

柴山の家はすぐに分かった。「洋館のきれいなお宅ですよ」と、かなり遠くの店で教えてくれた。その言葉どおりの、久永にはやや眩《まぶ》しいほどの瀟洒《しょうしゃ》な邸宅であった。久永は気後れがして、二度、柴山家の前を素通りしてから、意を決して門脇《わき》のボタンを押した。

玄関のドアが開くのを、久永は緊張して睨《にら》みつけた。だが、出てきたのはどうやらお手伝いらしい中年の女だった。柴山当人か、もしかすると柴山夫人である大沢家の二番目の「嬢さま」が現われるかと思っていた久永は、かえってほっとする余裕が生じた。

「柴山先生に、馬路《まじ》の久永が来たと伝えてください」

門の外から言った。

女はいったん引っ込んで、しばらく経《た》ってから門を開けに出てきた。女に誘われて玄関に入ると、奥から柴山の不機嫌な顔が現われた。柴山は聞こえよがしに、女に「お茶はいらないよ」と言っている。

「どうしたのかね？」

応接室へ向かう途中で、柴山は背中越しに投げつけるように、言った。

「ここへ来るのはまずいのだ。連絡をするなと言っただろうに」

久永は言い返そうとして、とっさには言葉が出てこない。言いたいことが多すぎた。

応接室に入り、テーブルを挟んで向かいあいに坐《すわ》った。

「女の首、返してください」

何をおいても、まずそれが言いたかった。柴山は目を丸くした。

「女の首？　いきなり何を言い出すんだね。あの首はきみが宮田に渡してしまったじゃないか」

「いえ、隠しても分かっているのです。あれは先生がやったことなのでしょう？　宮田という人を殺して奪った……」

「きみィ……」

柴山は慌てて手を伸ばし、久永の口を抑えるような仕種《しぐさ》をした。

「ばかなことを言うんじゃない。人に聞かれたらどうするんだ？」

「僕は構いません。とにかくあの首を返してもらいたいのです」

「だから、首は宮田が……」

「だめです、僕は知っておるのです、オークションに出品して三千万円で売ったそうやないですか」

「オークション？　三千万？　いったい何のことだ？」

「とぼけてもらったら困りますよ。写真を見たのです。浅見いう人が来て、首の写真を見せてくれたのです」

「浅見？　あのルポライターの浅見のことか？　浅見がどうしてそんな写真を持っている……。あっ、そうか、やつは真杉の細君に頼まれたのだな……。しかし、何だってきみのところへ？」

柴山には浅見が「首」の写真をもっていることはともかく、どういう経路で久永の存在を知ったのかが分からない。

「もう隠しても無駄です、先生の言うことは信じられない。とにかくあの首を返してください。でなければ金をください。半分の千五百万でいいから」

「ばかな！　浅見がそんなことを言ったのか？　出鱈目《でたらめ》に決まっているじゃないか。なんでそんなものに千五百万円も払わなきゃならんのだ」

「そんなものとは何つう言い方ですか。先生だってあの首を褒めたそうではないですか。宮田いう人も光太郎以上だと褒めておったです」

「冗談言っちゃ困るよ。第一、僕は作品を見ていないんだ」

「冗談はそっちのほうでしょう、首を見てないなどと、よくもそんな嘘《うそ》がつけたものだ」

「嘘じゃない。あの首は宮田という男が、きみの家から帰る途中、馬路の宅配便の店でとんでもないところへ送ってしまったんだ」

「またいいかげんなことを……」

久永は苛立《いらだ》って、口許《くちもと》が引きつった。眼《め》が血走っている。その久永の様子を見て、柴山はふいに恐怖を感じた。

「いいかげんなことじゃないのだよきみ。ほんとうに送ったんだ」

「そしたら聞きますが、先生はそんなこと、どうして知ってるんです？」

「それは……、話すと長くなるが、君に電話して、宮田が首を持って帰ったと聞いたあと、すぐに大沢の啓次に電話したら、たしかにきみの言ったとおり、宮田という男から電話があって、会うことになっていると言う。啓次は馬路駅で待ち合わせすることにしたのだそうだ。それで僕は、宮田から首を取り返すように啓次に頼んだ。だが、そのあと啓次から電話があって、すでにその時点では、宮田は首を発送したあとだったというんだ。おまけに、どこへ送ったかを言おうとしない。そこで、とりあえず宮田を捕まえておくように言って、僕はすぐに江津へ飛んだ」

柴山はいったん話すのを止《や》めて、周囲の気配を窺《うかが》ってから、久永の耳に顔を寄せるようにして、声をひそめて言った。

「啓次は江《ごう》川《のかわ》の上流にある大沢家の別宅に宮田を連れて行った。ところが、啓次と宮田が口論になって、啓次が怒って殴りつけたら、宮田は失神したらしい。あとで警察の発表したところによれば、宮田の死因は溺死《できし》だったそうだから、失神は一時的なものだったのだろうが、啓次はうろたえて、宮田が死んだものと思い、江川に放り込んでしまった。その時に宮田のズボンのポケットを探ったら、宅配便の送り状が出てきた。送り先は宮田の女友達のところだったよ」

「なるほど、そこから首を取り返して、オークションに出したいというわけですか」

「ちがう、首はまだ取り戻していないのだ。嘘じゃない」

「だったらその家に行ってみようじゃないですか」

久永は腰を浮かせた。柴山は慌てた。

「それはまずいよきみ。いや、いずれ取り戻すにしても、ことを荒立てるわけにはいかないだろう」

「なぜですか？　あの首はこっちのものなのです。むこうが返さなければ、盗んだも同然ではないですか」

「理屈はそうだが、しかし、さっきも言ったとおり、これには殺人事件が絡《から》んでいることを忘れないでくれ。いいかい、宮田を殺したのは大沢の啓次なんだよ。警察沙汰《ざた》になるのは望ましくないだろう」

「…………」

久永はいったん上げた腰をドスンと落とした。たしかに大沢の旦那《だんな》が宮田殺しの犯人だとすると、へたに騒ぎだてするのは、結果的に、先祖代々大恩のある大沢家を売ることになってしまう。

「しかし、ほんまに大沢さんの旦那がそんなことをしたのでしょうか？　あのおとなしい旦那が……」

「おとなしい？　冗談言っちゃいけない」

柴山は片頬《ほお》を歪《ゆが》めるようにして、笑った。

「あの啓次がおとなしいのは見掛けだけだよきみ。あいつはいい歳《とし》をして、出雲《いずも》に女をこさえて、入れ上げているんだ。大沢家の身上を食い潰《つぶ》しかねない大したタマだ」

「そら、嘘でしょう。大沢家の家宝を売りとばしているのは、先生のほうではないのですか？」

「ふん、啓次がそんなことを言ったのか。たしかに、僕もぜんぜん恩恵を被《こうむ》っていないとは言わないがね。啓次は僕に出雲の女のことで尻尾《しっぽ》を摑《つか》まれているものだから、家宝を売った分け前を寄越《よこ》すのだ。しかし、売りとばすにもなにも、大沢の家にはもはや値打のあるものはほとんど何もないよ。僕がきみに頼んで高村光太郎の根付《ねつけ》やら首やらを作ろうとしていたのは、そのためなのだ。現に、あの蟬《せみ》はまずまずの値段で売れた。ただ、まずいことにそういうことを嗅《か》ぎつけた男がいて、危険なことになったがね。しかし、いまはその問題も片づいた。例の『首』を取り返して、事件のほとぼりが冷めたら、またきみに光太郎の根付を作ってもらうつもりだよ」

「そしたら……」

久永は気色ばんだ。

「僕の作品を高村光太郎の作品と偽って売ったということですか?」

「そうだよ、決まってるじゃないか。きみの名前で売ったって、高が知れてる。いいかい、美術品なんてものはだね、作品の質なんかどうでもいいんだ。要は名前だよ名前。いまふうに言えばブランドだな。ちゃんとしたブランドさえつければ、たとえきみの作った物でも百倍……いや、千倍で売れるのが日本の美術界の実態なんだよ」

「そんな……、そんなはずはない……」

久永は掠《かす》れた声で呻《うめ》いた。

「俺《おれ》の女の首は高村光太郎の首よりずっとよかったのだ。だから三千万円で売れたのではないか」

「ちがうと言ってるのが分からないのか。あれは売れてなんかいない……」

「嘘だ!……」

叫びざま、久永は立ち上がった。

「ひとを虚仮《こけ》にしおってから……」

久永の手には鑿《のみ》が握られていた。

「ばかっ、よせ、そんなものは捨てろ」

柴山は逃げようとして椅子《いす》から転げ落ちた。久永の眼は完全に据わっていた。

「俺の首を返せ！」

甲高く叫んだ。「首を返せ」とは、それを聞いただけでも何やら恐ろしげだ。月江夫人とお手伝いの女が飛んできて、ドアを開けたとたん、刃物を持った久永の姿を見て、凍りついたように立ち竦《すく》んだ。

「どうしたの？　久永さんじゃないの、やめなさい！」

夫人が悲鳴を上げた。

「嬢さま……」

久永は一瞬たじろいだが、ふたたび柴山に向かって行った。

「警察を呼ぶわよ！」

「だめだ、警察はまずい！」

柴山が逃げながら言った。手近にあったゴルフのクラブを手にして身構えた。それがかえって怒りを煽《あお》ったように、久永はやみくもに突進した。柴山のゴルフクラブが打ち下ろされ、久永の左肩で鈍い音を立てた。久永は前に倒れ込みながら鑿を突き出した。「ギャーッ」と柴山が悲鳴を上げた。女二人の悲鳴がそれに和した。

柴山はクラブを放り出して、傷を抑えながら逃げた。久永は左腕をダランと下げた恰好《かっこう》で、青い顔をして柴山を追った。

ドアから転がり出た柴山と入れ換わりに、男が二人、走り込んできた。

「久永、やめろ、警察だ！」

叫んだのは橋田部長刑事であった。二人の刑事は身構えながら久永を取り抑えにかかったが、久永のほうには抵抗の意志はないらしかった。おとなしく鑿を渡して、放心したように、ソファーの上にどっかりと腰を下ろした。

「久永松男、傷害の現行犯で逮捕する」

秋本刑事が芝居がかった声を出した。

ドアのむこうからは柴山と二人の女が、恐る恐る中を覗《のぞ》いていた。その柴山の肩をポンと叩《たた》く者がいた。柴山が振り向くと、あの憎らしいルポライターが立っていた。

「怪我《けが》は大丈夫ですか？　もう少し早く助けに来ればよかったのですが、みだりに飛び込むと、住居不法侵入になりますから」

浅見光彦は真面目《まじめ》くさって、言った。

2

柴山の傷は出血が多かった割に大したことはなかった。むしろ久永のほうが手痛い打撃を受けた。左鎖骨《さこつ》骨折という重傷だ。ともかく二人とも警察病院に運び込まれ、応急の処置をしてから事情聴取に入った。

久永は刑事の質問に対して完全な黙秘を続けた。医者が容体を聴くのにも貝のように口を閉ざしたままだから、こっちのほうはどうしようもない。

柴山は逆によく喋《しゃべ》った。喋るのが商売だからというのではなく、それが柴山の性格なのだろう。自己顕示欲が強く、見栄《みえ》っぱりな人間にはおうおうにしてこういうのが多い。その上に柴山の場合、饒舌《じょうぜつ》であることによって、事件の真相を隠蔽《いんぺい》しようとする魂胆があるからじつによく喋った。刑事が訊きもしない芸術論にまで話が及んだ。

柴山はある程度のところまでは真実を話している。久永に根付を作らせたのだが、支払った金額が少ないといって文句をつけに来たあげくの傷害沙汰——というのが、柴山の語った事件ストーリーの大筋である。

柴山には久永が黙秘を続けるだろうという確信があった。大沢家を陥れるような真似《まね》は、あの久永のことだから、死んでも出来っこない――というのが柴山の読みなのだ。

浅見は刑事に付き合って柴山の供述を聞いている。訊問《じんもん》けむろん刑事がやることであって、浅見は沈黙を守った。

事情聴取は昼食のあともえんえんと続けられ、二時を回ると、さすがの柴山も喋り疲れた。刑事も訊きあぐねて、生欠伸《なまあくび》を噛《か》み締めた。こういう状態はじつは柴山にはむしろ苦手だ。静寂が不安を連れてやってくる。柴山は落ち着かない目を、白い病室の壁や天井にさ迷わせた。

「柴山先生」と浅見がようやく声を発した。

「だいぶお疲れになったでしょう」

「ん？　いや、まあ……」

柴山は薄気味悪そうに浅見を見た。正直言って、柴山にとっては、部屋の片隅でじっと坐ったきり黙りこくっている浅見の存在がもっとも不気味だったのだ。その浅見の声はまるで悪魔のように聞こえた。

「いろいろお話ししていただいたのですが、肝心なことをまったく話していらっしゃらないですね」

「肝心なこととは何かね？」

「殺人事件のことです」

「殺人？……、そんなもの、僕は知らないよきみ」

「いえ、ご存じのはずです。宮田治夫さんが殺された事件のことを」

「知らないよ、そんなもの」

柴山はそっぽを向いた。浅見は聞き分けのない子供を諭すように言った。

「柴山先生、あなたは重大なことをお忘れのようですね」

「重大なこと？　何だいそれは」

「あの久永さんの襲撃から、僕たちが先生を守って差し上げたことをです」

「ん？　いや、忘れてなんかいませんよ。それは感謝している。しかし、殺人などと、知らないものは知らないのだから……」

「そうじゃないのです。助けたことを感謝していただこうなどとは思っていません。先生が忘れていらっしゃるのは、なぜあの時、僕たちがうまい具合に現場にやってきたかということです」

「ん？　それは偶然なんだろう？」

「まさか」

浅見は思わず笑ってしまった。

「偶然はそんなに都合よくは起きません。口はばったいようですが、僕たちは先生を陰ながらガードしていたのですよ」

「どういう意味かね、それは？」

「先生のお宅の応接室での会話は、すべてキャッチしていたということです」

「なに？……」

柴山はギョッとしたが、動揺を隠すために、居丈高に怒鳴った。

「それじゃきみ、盗聴マイクを仕掛けてあったというのか？　それはきみ、明らかな違法行為じゃないか。たとえそんなもので証拠を掴んだつもりでも、法的に何の意味もありはしない」

「いいえ、べつにマイクを仕掛けたというわけではないのです。ただ、久永さんにお預けした先生へのお土産の包みに、うっかりマイクを入れっぱなしにしておいたのですよ。そのお陰で、先生を間一髪でお助け出来たのですから、怪我の功名というやつでしょうかねえ。それに、ワイヤレスマイクを使うというのは、先生が新宿中央公園で自ら実演して見せてくださったことじゃありませんか」

「き、きさま……」

柴山は何か言おうとして喉《のど》が詰まった。浅見は構わず、静かな口調で言った。

「たしかに先生がおっしゃったように、法的証拠にはならないのかもしれませんが、捜査には役に立ったみたいですよ。先程、江津署のほうから連絡が入りまして、大沢啓次さんがだいたいあの時の会話の内容を裏付けするようなことを話してくれたそうです。まもなく逮捕状が執行されるのではないでしょうか。容疑内容はどうなりますか……、まず殺人、それと死体遺棄《いき》、監禁罪もつきますか」

「かりにだ……」と柴山はかろうじて言った。「かりに啓次が何を言おうと、どういう罪を犯していようと、僕には関係ないことだよ。まあせいぜい証拠湮滅《いんめつ》ぐらいかな。こんなものは微罪だ」

「それと、高村光太郎の贋作《がんさく》のほうはどうなるのでしょう?」

「贋作?……、冗談言っちゃ困るよ。そんなものは知らないね。ただ、久永の作品を高村光太郎に匹敵する傑作だと言って売ったことはあるが、それをむこうが光太郎の作品と勘違いしたとすれば、それはむこうの勝手というものだろう。そもそも美術品の贋作問題など、法廷で争っても無駄というものだよ」

「なるほど……。ところで、その作品は誰《だれ》にお売りになったのですか?」

「そんなことは言う必要はないね。プライバシーに関《かか》わることだ」

「隠してもいずれ分かることなのですがねえ。しかしまあいいでしょう。それでは、一体何があったのかをこれまでに分かったことと、大沢さんの供述を元に、僕の想像で作った話としてお聞きください」

浅見は舌の先で唇を湿した。柴山は浅見が何を言い出すのかと、薄目の底から浅見を睨んだ。

「今度の事件は、そもそも宮田治夫さんが高村光太郎の信奉者であったことから、たまま僕に関係してきたのですが、そうでもなければ、いま頃《ごろ》は事件そのものが迷宮入りしていたでしょうし、宮田さんも殺されなくてすんだのですねえ」

浅見はゆっくりと話しだして、宮田の冥福《めいふく》を祈るように、わずかに頭を下げた。

「宮田さんは光太郎の『智恵子《ちえこ》抄』を上演するために、柴山先生のところにお話をお聞きしに行ったのでしたね。それがいつのことだったかは、いまとなっては柴山先生しか知らないことなのですが、六月の初め頃ですか？　それとも半ば頃ですか？　まあいいでしょう、ともかくそれが事件のきっかけになるなどとは、宮田さんは想像もしなかったのです。いや、その時点では柴山先生だって、そんな恐ろしいことは考えやしなかったでしょうねえ。

事件の最初の兆候が見えたのは六月二十一日、富沢宏行さんが馬路に久永さんを訪ねた時のことでした。もちろんご存じですね広島の富沢さんのことは。先生が久永さんの『蟬の根付』を最近、福島県で発見された高村光太郎の作品だと偽って、仲介させた人ですよ。富沢さんはそれまで大沢家に代々伝わっていた清水巌の根付など、いい品を沢山扱わせてもらっていたので、その大沢さんのご親戚《しんせき》である柴山先生から出た品でもあり、大学の先生の折紙つきでもあるし——ということで、信用して仲介役を引き受けたのですね。しかも、出所が光太郎・智恵子ゆかりの福島県の安達《あだち》町だというのですから、自信を持って紹介したことでしょう。

ところで、富沢さんは、たまたま土地の人から馬路に木彫《きぼり》をよくする久永という人物のいることを聞いて興味を惹《ひ》かれたようです。六月二十一日、富沢さんは大沢家へ行く前に久永さんを訪ねて、作品をいくつか見せてもらった。その時、富沢さんは『広富』という偽名を使っています。なぜ偽名を使ったのかは推測するしかないのですが、富沢さんはもともと隠密裡《おんみつり》にことを運ぶやり方が得意な人でしたし、それにたぶん、大沢さんに内緒で地元の作家を訪ねることに、多少の後ろめたさを感じたのかもしれません。

そして、富沢さんは久永さんの作品の中に、例の高村光太郎作として扱った『蟬の根付』と作風のそっくりなものを発見したのです。しかし、その時はまだ贋作を掴まされたという確証はありませんでした。なにしろ富沢さんは実際に光太郎の木彫品を見たことはなかったのですからね。

久永さんのところを出たあと、富沢さんは大沢さんに電話しています。これからお訪ねしていいかどうか——という内容の電話だったそうです。大沢さんは『いまどこか？』と訊きました。富沢さんはとっさに『いま馬路の海岸にいる』と答えました。山際にある久永家とは、線路を挟んで反対側の『海岸』と言ったのは、やはり富沢さんが大沢さんに気兼ねしている証拠でしょう。大沢さんは富沢さんが馬路にいると聞いて、ちょうどよかった、それじゃある人物を紹介するから、その場所で待っていてくれ。場所は海岸の防波堤のところがいい——と言って電話を切りました。

もちろん推察がつくでしょうが、この『ある人物』とはなんと久永さんのことでした。この時点では大沢さんには富沢さんの動きはもちろん、柴山先生の複雑の思惑など、ぜんぜん分かっていませんから、ごく気軽に富沢さんを久永さんに紹介して、石見根付の再興を図ろうと考えたのだそうです。といっても、決して慈善事業ではなく、それでなんとかひと儲《もう》けをしようと考えたのですけどね。しかし、大沢さんは高村光太郎の贋物《にせもの》を作るなどという知恵は働かなかったようです。よくいえば純粋——ということなのでしょうか」

浅見は柴山をチラッと見て、ニッコリ笑った。柴山はその皮肉も完全に黙殺した。

「ところが、大沢さんが、馬路の海岸へ迎えに行って車にのせ、富沢さんに紹介したいという人物の名前を告げると、富沢さんは急に用事を思い出したといって、駅前であたふたと車を下りてしまったのだそうです。それはそうでしょう。富沢さんにしてみれば今更、ついさっき、偽名を使って会ってきたばかりだとも言えませんからね。

しかし、大沢さんは何が何だか分からず、さぞかしあっけに取られたことでしょうねえ。

翌日、富沢さんは柴山先生に電話をしています。その時柴山先生はお留守でした。先生の奥さんからお聞きしたところによると、『昨日、大沢さんと会いました。ちょっと気になることができたので、近々上京して、先生に折入ってお話ししたいことがあるとお伝えください』という内容だったそうです。電話の様子が、どうもただごととは思えないような印象だったというお話でした。その時、柴山先生はセンチュリーホテルにいらっしゃったのですが、奥さんから伝言を聞いて、すぐに大沢さんのお宅に電話しました。何か富沢さんに変わった様子はないかを訊いたのですね。大沢さんは、前の日に富沢さんと会った時、富沢さんが異様な立ち去り方をしたことを話しました。しかもその場所が馬路だったことを聞いて、先生は思わず『馬路でか！』とおっしゃったのですね。それだけで賢明な柴山先生には、富沢さんが久永さんと接触したことがピンときたはずです。

ひょっとすると、これは厄介なことになる——という心配が生じましたが、その時、柴山先生にとって新たな興味の対象が現われました。それは隣の電話で喋っていた女性が、先日取材に来た宮田さんとデートしているのを目撃したことです。その女性にどこか見憶《みおぼ》えがある──。誰だったろう──。そう思って宮田さんに声をかけて確かめると、なんと先生が目下、教授の椅子を争っている、真杉助教授夫人であったというわけです。粋人《すいじん》の先生のことですから、きっと、宮田さんを冷やかしたでしょうね。『きみもなかなか隅におけないね』とかなんとか。それに対して宮田さんはムキになって否定する──。まるで目に見えるような気がします。その時、先生の胸のうちには、ライバルを蹴落《けお》とす絶好の材料になるという予感があったのではありませんか？

さて、富沢さんはその二日後に東京に来ています。そして銀座の美術館で高村光太郎・智恵子展を観《み》て、光太郎の作品は柴山先生が保証した『蟬の根付』とはまったく異質であることを自分の眼で確認しました。その夜、富沢さんは柴山先生をお宅に訪ねています。どういう話になったのかは、先生がおっしゃらない以上、残念ながら推測するしかありません。いずれにしても、富沢さんの追及は熾烈《しれつ》をきわめたことでしょう。先生は最後には決心するしかありませんでした。『殺すしかない』と……」

浅見の顔からは微笑のかけらすらも消えていた。人間が人間を殺さなければならない状況が、現実にある──というそのことを思う時、浅見は自分もその種族の一人であり、いくら虚飾を纏《まと》おうとも、生きとし生ける万物の一員であることを思って、厳粛な気分にうたれるのだ。

「これも僕の想像ですが、柴山先生は富沢さんに、そんなに疑うのなら、この蟬の根付の出た家に連れて行って上げようと言われたのですね。じつを言いますと、僕はなぜ高村光太郎なのか——と疑問に思っていたのです。先生は近世美術史の専門ではあっても、光太郎の研究者としては、失礼ですが超一流というわけでもない。それなのになぜ高村光太郎の贋作でなければならなかったのかが分からなかったのです。しかし、先生は福島県安達町の出身だったのですね。それでその疑問も氷解しました。光太郎・智恵子のゆかりの土地・安達町の旧家に光太郎の作品が埋もれていた——。しかも紹介者が地元出身で現職の大学の先生——ときては、富沢さんも信用したはずです。おまけに、柴山先生は由緒正しい大沢家の一族なのですからね。

六月二十六日、富沢さんは二本松駅前で柴山先生と待ち合わせました。夕刻に近かったのですが、柴山先生はいかにも学究の徒らしい地味な登山帽を目深《まぶか》にかぶって、顔を隠していましたね。そうして岳《だけ》温泉へ向かう道路の途中で、隙《すき》を見て富沢さんを殴打し、沢に落として死亡させたのです」

柴山はまったく無表情といっていいほど、虚脱した顔のままだったが、二人の刑事が驚いた。「ほんとですか?」という顔を浅見に向けている。

「この殺人事件は二本松署の捜査本部も手を焼いているそうです。広島の富沢さんがなぜこんなところに来て殺されたのか、皆目、見当がつかないからです。そういう意味でも、柴山先生の計画は完璧《かんぺき》だったと言ってもいいかもしれません。

ところがここに、先生のまったく思い及ばなかった破綻《はたん》の兆候が現われたのです。それは宮田治夫という人物の登場です」

浅見の憂鬱《ゆううつ》そのものだった顔に、まるで童話を語るボランティア青年のような、いきいきした表情が現われた。世の中にはどうしてこんな不思議な出来事があるのだろう。これだから生きるってことは楽しくてしようがないんだ――と言わんばかりだ。

「六月二十四日、富沢さんが先生のお宅に行って抗議した夜、富沢さんよりひと足先に訪問客がありましたね。それは宮田さんですね。その晩、宮田さんが何の用で訪問したのかは知りません。先日の取材の謝礼をしに行ったのか、それとも取材の追加か。ついでにアテズッポウを言わせていただくなら、もしかすると、真杉伸子さんのことで、先生がよからぬ企てをするのをやめてもらうよう、頼みに行ったのかもしれませんね。

とにかく、先客である宮田さんは、入れ違いに案内されて応接室に入った富沢さんを見てびっくりしました。なんと、ついその日の昼間、銀座の美術館で会ったばかりの顔だったからです。光太郎の『蟬』を見て『違う』と叫んだ人です。何かある――と宮田さんは思ったにちがいありません。宮田さんは先生の家の近くで富沢さんがでてくるのを待ち受けました。ずいぶん長い時間だったと思いますが、あの人はそういうことを苦にしない、悪く言うと執念深い性格だったそうです。そういう人に見込まれた先生も、逆に災難でした。

宮田さんは富沢さんを摑まえて『蟬』の一件を問い質《ただ》したのです。ふつうなら余計なお世話だと一蹴《いっしゅう》するところかもしれませんが、富沢さんには本能的な予感というか、ある種の不安のようなものがあったのではないでしょうか。それに、宮田さんと富沢さんはおそらく同質のキャラクターの持ち主だったと思います。この男に話しておこう――と富沢さんが思っても不思議ではないような気がするのです。

そうして、富沢さんは宮田さんに疑惑のすべてを打ち明けました。柴山先生が福島で発見したという『光太郎の根付』は、じつは島根県の馬路で作られているのかもしれない――というものです。宮田さんは喜んだでしょうねえ。それが事実なら、柴山先生のウィークポイントを摑んだことになるのですからね。もし真杉夫人のことで何かあったら、逆に脅しをかけてやろう――ぐらいのことを思ったにちがいありません。いや、伸子夫人が幸福になるためになら、宮田さんは柴山先生を失脚させてやるぐらいの過激なことだって、考えたかもしれません。ちょうど柴山先生が真杉さんの失脚を画策したように、です。

六月三十日の新聞で富沢さんの死を知った時、宮田さんは驚くと同時に、たいへんなチャンスだと思ったことでしょう。少なくとも真相を究明しておくだけの値打はあることは確かだ——。そう思って、富沢さんの疑惑の裏付けに動きました。七月三日に福島へ。四日には島根へ飛びました。そして運命の七月五日、宮田さんは馬路の久永家を訪れたというわけです」

浅見はしばらく話を止めた。疲れたわけではない。その日、あの緑に埋もれたような久永家を訪れた宮田の気持ちを思いやったのである。

「もしその時、単に久永さんの仕事ぶりを見学しただけなら、宮田さんが富沢さんと同じように、『光太郎の蟬』が久永さんの手から生まれたことを確信したかどうかは分かりません。そしてあんな不幸な結果にもならずにすんだのです。宮田さんの島根行きは、久永さんの所から大沢さんのお宅へと回って、富沢さんの話していたことが事実かどうかを、取りあえずその眼でたしかめることが目的だったのですから。

ところで久永さんは宮田さんにたいへんなものを見せてしまったのです。それは光太郎の『女の首』を摸写した彫刻です。このことが宮田さんの運命を狂わせました。宮田さんは富沢さんの話が真実だったことを確認したのです。そればかりでなく宮田さんは、久永さんから『首』を預かって帰り、途中、馬路から宅配便で真杉夫人宛《あ》てに送りました。宮田さんがなぜそんなことをしたのかは想像するしかありませんが、僕にはその時の宮田さんの驚きや、『首』をぜひとも敬愛する真杉夫人のもとに送りたいと、そのことだけをひたすら思った、その気持ちがとてもよく理解できるような気がするのです」

そういうひたむきさは高村光太郎の智恵子に対する愛の激しさとよく似ている——と浅見は思った。「いやなんです。あなたがいってしまふのが——」と詠嘆した、見ようによってはひどく独善的な、一方的なやり方は、大の男がすることとしては愚かしいかもしれないけれど、そんなふうに徹しきれることが浅見にはむしろ羨《うらや》ましくさえあった。

「宮田さんはそのあと、大沢さんに電話をして訪問をとりやめると言ったと思います。もはやこれ以上調べることはなくなったからです。それに対して、大沢さんは慌てて引き止めた。いますぐ迎えに行くから待っていて欲しい——と。そうするようにというのが柴山先生の指示だったのですね。宮田さんは馬路駅で大沢さんの到着を待っていました。自分が監禁され、揚句の果てに殺されるような運命にあるとは思いもしなかったことでしょう」

浅見の長い話は終わった。ベッドの上の柴山はもちろん、二人の刑事も、まるで長い映画を観終わったような、気抜けした顔で黙りこくっていた。

翌朝、浅見がまだ睡眠不足のボーッとした頭でいるところに、橋田部長刑事から電話が入った。「柴山が吐きましたよ」と嬉しそうに言っている。

——昨夜、福島県警の方から逮捕状を用意した捜査員が来まして、自分らと交替で深夜まで事情聴取を行なったのですが、柴山は案外あっさりと自供してくれました。

「そうですか……」

浅見は何だか侘《わび》しい想いがした。事件が終わる時は、いつだってこういう感慨がつきものだ。

——浅見さんが言ったとおり、柴山は富沢さんを殺すしかないと思いつめてしまったようですね。

橋田の話によると、柴山は富沢に対する殺意を喋る時には、いかにも憎々しげだったということである。

「正義漢ヅラをしやがって……」

と柴山はいきなり言ったのである。それまで、事情聴取に対してずっと沈黙を守っていたから、橋田は自分のことをいわれたのかと思い、ムッとした眼で柴山を睨んだ。

「ハハハ……、君のことじゃないよ」

柴山は橋田の顔をみて、やや卑屈とも思える苦笑をうかべると、堰《せき》を切ったように喋り出した。

「富沢という男がさ。やつは僕を告白すると脅しやがった。自分の信用が失われたのをどうしてくれるというわけだ。あの男の信用だと？　たかがヘッポコ美術品ブローカー風情《ふぜい》に、何が信用なものか。笑わせるなと言いたかったね。しかし、やつは本気だった。それも分け前が欲しいとかいうことならどうにでもなっただろう。ところが、やつは余程正義漢ヅラをしたかったらしい。どうしても原状を回復しないと気がすまないと言う。そんなことをいったって、『光太郎の根付』はすでに海外に流出してしまっていたし、それによって得た金の大半は大学関係のさる有力者の懐《ふところ》に消えていた。この上、富沢のやつが国際的信用問題だなどと騒げば、僕の地位も経済的基盤もあったものじゃない。それに、僕が苦労して育てた久永の技術が何の役にも立たないことになってしまう。もはや僕は『殺すしかない』と思ったんだよ」

柴山にとっての、これが「一分の理」というものであった。

――これから柴山を護送して二本松まで行きます。今度は自分が福島県警本部長賞をもらえるかもしれませんな、ハハハ……。それもこれもすべて浅見名探偵さんのお陰ですよ。

橋田は浅見の憂鬱に反して、終始、上機嫌で喋りまくり、何度も礼を言って電話を切った。

エピローグ

安達太良山《あだたらやま》を見たいという野沢光子をソアラに乗せて、浅見は東北自動車道を北へ向かった。もう秋の気配なのだろうか、周辺の山並は夏の強い緑から、かすかに黄色みがかってきている。

（年々歳々花相似たり、歳々年々人同じからず、か――）

浅見はふと、陳腐なことを考えてしまう。身近で起きた事件というものは、どういう解決の仕方をしようと、やりきれないものだ。

ほんのついこのあいだまでは確かにあった、宮田治夫という一人の男の人生が、いまはもう、ない。彼を取り囲む社会は、はっきり変化してしまったのだ。かといって、それで人々の営みが大きく変わるというものでもない。それぞれが適当に順応しながら、また新しい流れを形式して、淀《よど》むこともない。

「ソアラに乗っていると、女の子にモテるんだって？」

光子がいきなり言ったので、浅見の感傷はあっけなく破れた。

「え？　ほんとかい？　しかし僕の場合にはそういう経験、ぜんぜんないから」

「そうか、浅見くんて、案外だらしがないんだ」

「うん、それは言えてるね」

浅見はあっさり認めた。どうも浅見の対女性関係は、あとひと押しに欠ける。

「高村光太郎ほどとは言わないまでも、せめて宮田さんぐらいのひたむきさがあればいいんだろうけれどね」

「でも、そういうのって、女にとっては少し怖いんじゃないかな。姉が宮田さんを振ったのは、そこに原因があると思うのよね。あのひと、お利口さんだし、その上警戒心が強いから」

「そうそう、そこが男としてもなかなかひたむきになれないところなんだよね。どうも女性は難しい。僕には永遠の謎《なぞ》だね」

「じゃあ、永遠に結婚しないつもり？」

「うーん、そうもいかないだろうけどさ。どっちでもいいっていう気はあるな……。あ、あれがそうかな？」

浅見は左前方の姿のいい山を指差した。

「あれが安達太良山？」

「いや、よく分からないけど、きれいな山だからさ、なんとなく、そんな気がする」

「ふーん、あの山を見ながら育ったんだ……」

「誰《だれ》が？　智恵子《ちえこ》が？　それとも柴山が？」

「ん？……うん、両方とも……」

「そうだよねえ、安達太良山を見ながら育った頃《ころ》があったんだよねえ。たぶん、あの山より大きくなろうなんて思ったりしたんだろうなあ。誰にだってそういう優しい時代があったんだねえ……」

　智恵子は大きくなろうとして、高村光太郎のあまりの巨大さに圧倒され、死んだ。柴山はどうなのだろう。安達太良山よりも大きくなれると思ったのだろうか。

「柴山だって、根っからの悪人とは思えないね。ちょっとした欲望とちょっとしたきっかけで、悪いほうへ悪いほうへと物事が動いていってしまうことがある。そういう流れにはまりこむと、いろいろ悪知恵も働くようになるのだろう」

　柴山がこの事件でたった一度だけ見せたほんとうの悪知恵は、大沢が馬路駅に宮田を迎えにゆく時、「車を駅前に置くな。登山帽をかぶって行け」と指示したことだ。その時点で、柴山はすでに宮田をも消す決意を固めている。現実にはふとしたはずみで、大沢が宮田を殺す羽目になったけれど、大沢には殺意はなかったのだ。

岳《だけ》温泉の事件捜査で登山帽の男が捜査対象になっていると知って、柴山に馬路にも登山帽の男を登場させ、捜査を混乱させようと試みた。万一、柴山に嫌疑がかかったとしても、福島と島根の両方に現われた「登山帽の男」が同一人物である——と限定すると、アリバイ関係でその人物に柴山も大沢も該当しないことになる。大沢にも柴山のと同じ登山帽がある。柴山と大沢は大学時代の山仲間であったのだ。それが縁で二人は大沢家の一族となり、殺人事件の舞台を共演することになったというわけだ。

(それにしても、なぜ殺人という状況にまで突き進まなければならないのだ——)

浅見は結局、最後には理解できない部分のあることをどうしようもなかった。

速度オーバーを報《し》らせる「キンコン」という合図が鳴りだした。浅見は反撥《はんぱつ》するようにアクセルを踏んだ。

「浅見くん、結婚しない女ってどう思う?」

加速を楽しむように少し背を反らせて、光子が言った。視線は遠い山を見ている。

「べつに。そういう生きかたがあってもいいと思っている。義務感なんかで結婚することはないさ」

「もし私が結婚しそうになったら、言ってくれないかな」

「言うって、何て？」

「いやなんです、あなたのいってしまうのが……って」

光子は笑いだそうとしたのを急にやめて、妙に深刻な顔で浅見の横顔を見た。

解　説

松村喜雄

近刊のカッパ・ノベルス『横浜殺人事件』の末尾に、内田康夫著作リストが載っている。リストによれば『横浜殺人事件』は五十一冊目に当るけれど、内田氏のお話では中篇集が数冊まざっているので、長篇だけの五十冊目は今秋になるそうである。処女作の『死者の木霊』の初版が一九八〇年だから、十年足らずで五十冊を突破したことになる。ちなみに、本書『「首の女《ひと》」殺人事件』は二十五冊目で、全作品の恰度《ちょうど》まんなかに当るわけである。

リストの作品は殆《ほと》んど読んでいる。最近のような推理小説の出版ラッシュだと、心掛けていても、同一作者の作品を大量に読むことは、時間的物理的に不可能だが、そんななかでの読書だから、よほど魅力がなければ読めるものではない。こうした例は、松本清張氏を含めて、数人しかいない。

この原稿を書くに当って、内田ミステリー文学の魅力はなんだろうと考えてみた。その解答は、江戸川乱歩がわたしに語った言葉から思いついた。

乱歩は云《い》う。作家になるのなら三十歳以後に書き始めないと一人前にはなれないよ。それ以前だと、社会の経験と常識が不足している。基礎的な文学を読まなければならない。長続きがしないよ。これは肝腎《かんじん》なことだが、探偵小説が将来残るとすれば、本格ものだよ。

乱歩が処女作『二銭銅貨』を書いたのは二十八歳だった。乱歩の言葉がズバリ当てはまるのは松本清張氏だが、今にして思えば、内田康夫氏も正しくこれなのだ。

松本氏の『点と線』と内田氏の『死者の木霊』を初読したときの衝撃が似ていたし、社会の経験と常識を兼ねそなえている特徴にも、類似点がある。文学に造詣《ぞうけい》が深く、作風が本格ものを指向している点も同じなのだ。もっとも、それらの衝撃的感銘は、名作といわれる文学作品には必ず備わっている特質だが、純文学作家に欠けている点がひとつだけある。

それは、謎《なぞ》・論理・意外な結末と三位一体をなす三種の神器なのだ。

このポーが発明した三種の神器をドラマチックに演出するための手段がトリックだが、創意が珍重されたのは既にずっと以前のことで、今ではいかに読者をだますかの道具にすぎなくなった。とすれば、創意が涸渇《こかつ》したトリックだけで勝負するクロスワード・ゲームは、子供のゲーム遊びの玩具にしかすぎなくなる。そうだとすれば、大人が読むに耐える推理小説は、小説作りの巧さに比重がかかることになる。

涙香・乱歩・清張が日本推理小説界の三大巨人に擬せられるのもこの点だ。四番目の椅《い》子《す》は誰《だれ》のものかというと、議論百出の難かしい問題だ。

その四つ目の椅子を狙《ねら》う作家は未知数だが、内田康夫氏はその可能性を秘めている実力作家のひとりだと思えてしかたがない。

そのヒントを与えてくれたのが処女作の『死者の木霊』だが、以後熱い視線で読み継いできた。そうした要素のいくつかに触れてみよう。

先に書いたように、内田ミステリーはトリックを二義的に扱っているが、それは小説作法上でのことで、さりげなくじつは、神経質に重要視して、創意に凄《すさ》まじく苦心している。注意深く作品を読めば、その苦心のほどが判《わか》るけれど、事件そのものの鮮やかな着想のかげに隠れているから、トリック派でないとする印象が強い。けれど、二義的にトリックを使っているが、その重視の点で、乱歩の本格ものの指向に焦点が合う。

第二の点は、暴力とか残虐とかポルノまがいの描写を一切避けていることだ。

もともと、推理小説は、殺人をテーマとするので、暗い面が前面に押し出される。しかし、その点をあくどく強調しても、推理小説本来の本質とは特別に関係はない。ホームズ物語が長く読みつがれている特徴の一端もこれだ。推理小説は健康的な健全文学だ。青少年から熟年まで、男女をとわず層の厚さで、普遍的ではばが広い。

視点を変えれば、詩人の心だろう。文学の素養、読み込んだ文学の影響と見ていいだろう。名作といわれる推理小説は、その辺の配慮が必ず反映している。内田氏の文学的影響は、各地の伝説までに及び、さらに裾野《すその》は広がる。旅情もまた、その影響下にあるのは当然だ。そのうえ、文章が平易で読み易《やす》くわかりよく、名文だ。

第三の特徴は、推理文壇のなかでの一匹狼《おおかみ》的存在だ。一種の反骨精神か。荷風・鷗外の例をあげるまでもなく、人間嫌いだった若い頃《ころ》の乱歩に初期短篇の傑作が集中しているし、松本氏は文壇とムエンだ。

内田氏の資質から看《み》て、乱歩賞などの勲章を持たないことが幸いしているかと思う。肩をいからさずに、自由奔放に実力を発揮していることが好結果をもたらしているのではないか。推理小説そのものがルールの枠内にしばられた文学だが、枠のなかにも自由は存在している。勇み足に気づかう必要もないし、才能がそうした固定観念を省みることなく、驀進《ばくしん》する。

折角の機会を与えられたのだから、日頃考えていた内田文学の感想に触れたけれど、それだけではなく、本書『「首の女」殺人事件』を読む上での理解のためでもある。作品そのものが勝負の世界だから、経歴とか作風の傾向など無関係かもしれないが、より深く味わうためには無駄だとは考えていない。余計なことだが、内田氏の作品の裏に、出版社の担当編集部の熱い協力が隠されていると、氏から聞いたことがある。

『「首の女」殺人事件』は、五十一冊のリストの中間作品だが、面白さ抜群の力作だ。

高村光太郎と智恵子の有名な事件がからみ、奇怪な事件が続出する。

発端は真杉伸子が小学校の同窓会に出席し、かつて彼女を思慕した宮田治夫に会う。いまでも伸子を愛し続けている。そこで伸子は宮田がまだ独身であると知って、その場の思い付きから、独身の妹光子とのデートのお膳立《ぜんだ》てをする。ふたりのデートの場が、高村光太郎・智恵子展だった。そこで光子は、光太郎の木彫の「蟬《せみ》」を喰《く》い入るように見る男と出会う。その男が福島県二本松で殺され、宮田も島根県江川《ごうのかわ》で水死体で発見される。

この事件に介入し、謎をとくのが浅見光彦というわけである。

二本松と江川をつなぐ糸はなにか。

謎は謎をよび、ジグソー・パズルはなかなかとけそうもない。意外な真相が隠されているし、論理による謎ときが面白い。

複雑な謎とき本格推理小説は、ともすれば論理を度外視するツジツマアワセに終始する作品に出会《でく》わすけれど、本書は納得のゆく自然さで、謎が解明される。

ポーが創造したデュパン探偵以来、神がかりの名探偵が後を絶たず、読者との間のクッションとして、ワトソンが出現した。ワトソンは読者の代替者であり、読者にかわって発言する。これはドイルが発案した賢明なる設定だが、このパターンは長く続けられた。

内田康夫氏が創造した浅見光彦は、ホームズとワトソンが同居するという、きわめてユニークな探偵だ。ワトソンの役割の部分に読者は親近感を抱くと同時に、その連鎖反応でホームズの部分にも親しみをもつ。浅見光彦のキャラクターが読者に支持をもたせるのもこれだが、この着想はハードボイルド探偵から得たものだろう。けれど、個人探偵とはいいながら、兄が警察庁局長で、警察の捜査と同等の立場にあるとするアイデアはきわめて日本的で、欧米にはその例を見ない。

これは読者と同等の立場で推理ゲームに参加することが出来るという利点がある。それ以外にも、事件を追うに急で、謎ときだけの興味の追究ではなく、ロマンとして余裕を書き込む利点も見逃すわけにはゆかない。

内田氏の小説作りの巧さは、プロットの苦心にある。謎の提出とか、事件の追究とか、ともすれば面白さを半減させるこの困難な設定を、抵抗なく作中に導き入れる。無作為の作為が、ひとつの流れを生み出し、そこに自然なサスペンスが生じる。

謎の提出と絵ときの間で退屈する小説によく出会うが、こうした欠点のないのも、内田氏のミステリーの長所だ。エピソードの積み上げが巧妙に考えられているからだ。

その顕著な旅情ミステリーが、一種の情報小説としても傑出している。ただし、本書は旅情ミステリーではないが、読後、光太郎の「智恵子抄」を読みたくなるのは情報が的確だからだ。

内田氏の作品はどれを読んでも面白いが、最近作『隅田川殺人事件』（徳間書店）、『横浜殺人事件』（光文社）にも堪能《たんのう》した。

『隅田川』では人間消失トリックを、『横浜』では暗号を、新しい視点でとらえ、読者をアッといわせる。

わたしは、推理小説を五十年以上読み続け、今でも新聞の書評を二つ受けもっているため、月に十五冊くらい読破しているミステリー中毒患者だけれど、玉石混淆《こんこう》のミステリー出版ラッシュのなかで、ともかく、内田氏の作品はとび抜けて面白い。

これらの新刊で愛読者になった内田ファンに、手離しで本書『「首の女」殺人事件』をおすすめする。

面白い推理小説はじつに楽しい。イギリス人は老後、アームチェアに坐《すわ》り、パイプをくゆらし、愛犬の頭をなでながら推理小説を読むのが理想だという。この姿勢は正しい。

一九八九年九月

解説の解説
――松村喜雄さんのことなど――

お読みいただいた松村喜雄さんの解説は１９８９年９月に書かれたものです。したがって〔近刊の『横浜殺人事件』〕とか〔長編五十冊は今秋になる〕などと書いてあります。ちなみに、現時点での僕の作品は長編だけでも八十冊になろうとしています。角川文庫版が出るこの機会にも、新たに松村さんに解説をお願いしたいところですが、残念ながら松村さんは昨年（１９９２年）１月10日に急逝されました。

松村喜雄さんと知り合ったのは、推理作家協会のパーティでのことです。作家業に転じて間もない僕には、作家仲間の知り合いもなく、親しい編集者もすくなく、賑やかなパーティ会場の片隅で、独り寂しくジュースを飲んでいるといった状況でした。

その僕に「あなた、内田康夫さんでしょう?」と声をかけてくれたのが松村さんで、いまから八、九年前のことだから、お歳はたぶん五十代半ばぐらいだったはずです。ずいぶん大柄な人で、色浅黒く、ゴルフのシニア選手のような印象を受けました。名刺を交換しましたが、もちろん僕には松村さんがどういう素性の人か、まるっきり知識がありませんでした。松村さんが江戸川乱歩氏の甥ごさんだというのは、少し経ってから編集者から聞きました。

「内田さんの作品はすべて読んだが、どれもすばらしい」と、松村さんはその時、激賞してくれました。「これからが大変で、忙しくなるだろうけれど、決して乱作をしてはいけません」といった、親身なアドバイスもありました。

僕はまだ駆け出しで、自分の作品がそんなに注目されるとも思えなかったので、話半分のようにお聞きしておきましたが、それからまもなく、僕の書いた小説がぽつぽつとベストセラーに顔を出すようになり、いままで付き合いのなかった大出版社からの執筆依頼などが増えて、松村さんの予言は現実のこととなったのです。

松村さんはこういう巻末の解説ばかりでなく、機会あるごとに、新聞や雑誌の書評欄などに僕の作品を紹介してくれました。いずれも好意的なものであると同時に、僕の作品の本質を衝いた論調に感心させられました。

僕はアルコールがまるでだめな上に、引っ込み思案な人間なので、作家仲間との交流というと、近所づきあいの藤田宜永氏、小池真理子氏、井上夢人氏、将棋仲間の山村正夫氏、囲碁仲間の夏樹静子氏、飲めない同士の赤川次郎氏、面倒見のいい井沢元彦氏、カミさんがファンの山崎洋子氏、僕の大好きな宮部みゆき氏——ぐらいなもので、それもほとんどお情けで声をかけてくれる程度のお付き合いです。胡桃沢耕史氏、佐野洋氏、森村誠一氏等々は大先輩ですから、とてものこと交流などとはおこがましい感じがします。

作家はいずれも一国一城の主で、表面はにこにこしていても、じつはだれもかれも近寄りがたいこわーい人ばかりです。そういう中にあって、ぽっと出の新人作家に気軽に声をかけて、引き立ててくれた松村さんのご好意は、生涯忘れることができません。

僕の作品をよく理解してくれた松村さんですが、ただ一つだけ、ついに分かってくれなかったことがあります。それは、僕が、創作にかかる前にあらかじめプロットだとかレジュメだとかいったものを作る作業をせずに小説を書くことです。

推理小説——それも五、六百枚の長編を、行き当たりばったりで書き進め、きちんと結末までもってゆくことが、松村さんにはどうしても信じられなかったようです。そんな芸当は絶対に不可能だ——と思っておられたようです。「内田さん、プロットを作らずに書くなどと、あまり言いふらさないほうがいいですよ」と窘《たしな》めるように忠告してくれました。生意気なことは言いなさんな——という意味だったのでしょう。そんなわけで、松村さんの解説には、よく「内田ミステリーの考え抜かれたプロット」とか「内田氏の小説作りの巧さは、プロットの苦心にある」などと褒めて書かれましたが、そのつど僕は（違うんだけどなあ――）と思いながら、結局、反論を言わずじまいでした。
しかし、それはそれとして、松村さんが僕の作品を一貫して買ってくれた姿勢には、感謝するばかりでした。
僕の住む長野県の地元紙『信濃毎日新聞』に、去年の1月21日、当時刊行されたばかりだった『薔薇の殺人』（角川ノベルズ）の紹介記事が掲載されています。
――軽井沢に住む内田康夫は、たびたびこの欄に登場願っているけれど、一昨年あたりから作風が変わり、完成度がにわかに加わってきた。名探偵浅見光彦の手柄ばなしにはちがいないが、人間を見る眼がちがってきて、その心理的過程の動きが、まことに興味深い。（中略）
視点を変えれば、（浅見の捜査は）まさしく作者内田康夫の眼である。物語全体の面白さと、ベストセラー作家内田康夫の眼と行動が二重写しになって、興味のつきるところがない。（後略）
それからしばらく経った1月末――千葉県の松村さんという、見知らぬ女性名の手紙が届きました。「主人生前のご厚誼を感謝します。信濃毎日新聞に掲載された内田様の評論が、主人の最後の仕事になりました」といった趣旨のことが書かれてありました。

松村喜雄さんが亡くなられたのは、評論が新聞に掲載される十一日前のことでした。松村さんのいわば「絶筆」が、僕の作品の紹介記事だったことに、いまさらながら厳粛なものを感じるのです。

1993年2月

内田康夫

ミステリーの似合う風土

評論家の山前譲《やままえゆずる》氏が台湾で妙なものを発見したといって、台湾で出版されている雑誌のコピーを送ってくれた。推理小説専門の雑誌らしく、その中に『地下鐵之鏡』という作品が掲載されているのである。作者は「内田康夫」と印刷されている。僕の書いた『地下鉄の鏡』は『鏡の女』に収録されている「鏡シリーズ」中編三部作の一つだが、もちろん台湾の出版社から転載の交渉があったわけではなく、まったくの海賊版ということになる。光栄に思うべきか怒るべきか……それはともかく、その中の一節に「東京無天空」なる文章が出てくる。

原作（?）の『地下鉄の鏡』の原文は次のようなものだ。

周辺にはマンションが建ち並び、道路のど真ん中を首都高速の高架線が走る。歩道を歩いていて空を見ようとすると、ひと苦労だ。まさに東京には空が無い――のである。

この傍線を引いた部分が「東京無天空」と翻訳された。もちろん高村光太郎《たかむらこうたろう》の『智恵子抄』の引用だが、これが、なんの注釈もつかずに台湾の読者に理解されるとは思えない。単純に、東京には空がないのか、気の毒なものだ——といった同情的解釈多々的状況ではなかっただろうか。

それにしても「東京無天空」とは、漢字の国だから当然だとしても、味もそっけもない、無機質なイメージだ。われわれ日本人の感覚からいうと、なんだか「白髪三千丈」的な演説口調を思わせる。「東京には空が無い」とくると、智恵子のやる瀬ない想いの広がりを、そこはかとなく感じ取れるけれど、「東京無天空」とやられたら、都庁の職員などは思わず「申し訳ありません」と謝《あやま》りかねない。台湾では日本のように文芸が盛んではないそうだが、ひょっとすると、漢字的発想展開的限界があるのかもしれない。平安期以降、清《せい》少納言《しょうなごん》や紫式部《むらさきしきぶ》といった、ひらがなを駆使する女流作家が現われ、日本文学の源流をつくったことを思うと、われわれ小説書きとしては、ひらがな文化の恩恵をあらためて噛みしめねばならない。

ところで、『「首の女」殺人事件』の「首の女」とは高村光太郎の彫刻『智恵子の首』がモチーフになっている。光太郎は何度も妻智恵子の首を彫ったそうだが、現存するものがあるのかないのか、僕は知らない。ただ、写真で見るかぎり『智恵子の首』像はあまり美しいとは言いがたい。うつむきかげんの束髪《そくはつ》の女性の首である。日本女性の首をこういう形で彫刻にすると、まるで獄門首《ごくもんくび》のように不気味でさえある。

しかし、美しくないからといって、価値がないことにはならない。もしいま、高村光太郎の『智恵子の首』が売りに出されたら、とてつもない値段がつくにちがいない。

『「首の女」殺人事件』のもう一つのモチーフは根付けである。若い人にはまるっきり馴染みはないが、印籠《いんろう》や煙草入れを帯に下げるときに使う、一種のアクセサリーのようなものだ。おもに象牙を材料として、人物や動物などを彫刻する。日本独特、ことに江戸時代の男性の小粋なおしゃれグッズである。明治大正以降、しだいに和服が廃《すた》れ、さざみ煙草が消えてしまうのに歩調を合わせて、この江戸文化の落とし子も消えていった。

ところが、いったん忘れられかけたような根付けが、浮世絵のケースと同様、外国人に認められ、いまちょっとしたブームなのである。高円宮《たかまどのみや》が根付けの蒐集《しゅうしゅう》と研究の大家で、外国などに散逸《さんいつ》してしまった古い根付けを発掘したり、数少なくなった根付け作家を物心両面で支えたりしておいでなのは、よく知られている。その根付け作家の重鎮《じゅうちん》である駒《こま》田柳之《だりゅうし》氏は僕の小学校（つまり浅見光彦の母校・滝野川小学校）の同窓生で、彼から根付けの話を聞いて、『「首の女」殺人事件』のアイデアが浮かんだ。

もちろん彼はべつに深い意味もなく話したのだが、話の中で、高村光太郎も根付けを作っていたことがあると言っていた。高村光太郎の住居があった「駒込林町《こまごめはやしちょう》」は僕たちの学校からも近く、また高村光太郎・智恵子夫妻の墓は、『津和野殺人事件』でご紹介した染井霊園にある。そんな関係でとくに親しみを感じたということはあるかもしれない。

この高村光太郎と根付けの結びつきがタテの糸だとすると、島根県の一地方で根付け職人が輩出した事実のあることがヨコ糸になって、僕の頭の中では曼陀羅《まんだら》のような絵模様が織り出されはじめた。

島根県は僕と相性がいいのか、それともミステリーを創《つく》りやすい風土なのか、『後鳥羽伝説殺人事件』『津和野殺人事件』『隠岐《おき》伝説殺人事件』そしてこの『「首の女」殺人事件』と、遠い割りに、他の地方よりも取材の対象になるケースが多い。

タタラによる製鉄技術など、大陸や朝鮮半島からの渡来文化の影響を受けた土地柄だけに、島根県はいたるところから歴史的文化財が発掘されるし、伝説の宝庫でもある。津和野や松江《まつえ》、出雲《いずも》といった有名観光地だけでなく、大田《おおだ》、益田《ますだ》等々の地方都市も魅力的だし、主要道からちょっと逸れたところに意外な発見があったりもして、まだまだ小説の材料はいくらでもありそうな気がする。もっとも、地元の方にしてみれば、推理作家に来られて、『殺人事件』の材料にされては迷惑――というのが本音なのだろうけれど。

『「首の女」殺人事件』の取材には、徳間書店の松岡女史と一緒に出かけた。大嫌いな飛行機で米子《よなご》まで飛び、そこでレンタカーを借りた。山陰地方特有の重い雲が垂れ込め、雨が小やみなく降っていた。

いま思い出したことだが、出がけの羽田空港で駐車場が満車で、車を入れることができず、フライトの時刻は迫る――と進退窮《きわ》まった。そのとき、ふと、妙案が閃《ひらめ》いた。最寄りのトヨタサービス店に整備を頼んで、車を三日間預かってもらうというわけだ。しかし、魂胆《こんたん》見え見えの図々しい客だから、断わられるかと思ったが、当たってみるとすぐにＯＫ。車を預かって、おまけに空港まで送ってくれ、間一髪、乗り遅れずにすんだ。僕はまだほとんど無名といってもいいころだけに、あのときの親切はいまだに忘れられない。浅見がずっとソアラに乗っているのは、その恩返しの意味が大きい。

親切といえば、島根県の人々もみんな親切だった。あいにくの雨の中だというのに、道路脇で佇《たたず》んで待っていてくれた案内役の人。見ず知らずの僕たちを気安く受け入れて、屋敷の中や古い彫刻を見せてくれた旧家。『石見《いわみ》の左甚五郎《ひだりじんごろう》』といわれた根付け彫刻師・清水巌《しみずいわお》の研究家で、巌の作品を発掘しつつある七田真《しちだまこと》氏との出会いもありがたかった。

宿は有福《ありふく》温泉と温泉津《ゆのつ》温泉にそれぞれ一泊した。有福温泉は名前さえ知らなかったが、なかなかの規模である。鄙《ひな》びた町のあちこちで湯煙が立って、むかしふうの湯治場といった雰囲気だ。温泉津は津和野の帰りに泊まって、料理が大いに気に入ったところなのだが、泊まった宿を忘れてしまうというボーンヘッドで、必ずしも満足はできなかった。しかし、同行の松岡女史は温泉好きだから、何度も大浴場に入って堪能したそうだ。

『「首の女」殺人事件』を手にすると、プロローグで書いた、海岸の小駅の風景がありありと脳裏に蘇《よみがえ》る。列車を見送って、水溜《みずた》まりの残るデコボコ道を下り、帯状の家並みを横切って海岸に出る。防波堤に腰を下ろし、ぼんやりと海を眺めていると、頭上の電線に止まったトンビがピーヒョロロと鳴いた——といったような風景描写は、ほとんど取材の際に見たままである。

じつに侘しげで、いわくありげで、これから始まろうとする怪しいストーリーを予感させる、とてもいい序章だと思った。その海岸がどこで、事件とどのような関わりがあるのかは、読みすすめてゆくうちに明らかになってくるのだが、分かったころは読者のほとんどが、プロローグを失念していて、指摘されてはじめて、その重要性に「あっ」となる仕組みである。当たり前の話だが、推理小説としてもかなりいい仕上がりの作品だと自負している。

この作品はたかがミステリーのくせに、おこがましくも「高村光太郎・智恵子論」や日本の伝統美術工芸への想いを重ね合わせるようにしながら、話をすすめている。智恵子のふるさとのことだとか、浅見が島根県で会った人々や美術品などの一つ一つに、それなりの意味や役割を課してあるのだ。

この一文を書くために、徳間文庫の『「首の女」殺人事件』を読み返したが、巻末の解説にいたく感動した。執筆者の松村喜雄《まつむらよしお》氏は江戸川乱歩《えどがわらんぽ》の甥《おい》にあたる人である。僕がデビューした直後から、熱心なエールを送りつづけてくれたが、ことし一月に急逝された。そして、氏の絶筆にあたる最後の仕事が新聞に掲載された『内田康夫論』であった。

徳間文庫の解説を読むと、松村氏ほど僕の能力や僕の作品を理解してくれた人はいなかったように思える。僕自身が気づいていない、内田康夫作品の秘密を、じつに的確に解明しておられて、(なるほど、そういうことだったのか——)と感服させられた。お読みになっていない方には、ぜひ店頭での立ち読みをおすすめしたい。

作品の中で重要な舞台の一つになっている新宿センチュリーホテルとはもちろん「ホテル・センチュリーハイアット」のことである。このホテルで僕は、作家になってはじめて「カンヅメ」なるものを経験した。たぶん『シーラカンス殺人事件』のときだと思う。それ以来、いくつの作品がここで生産されたか、はっきりした記憶すらない。そのときの担当編集者はうら若い女性だった。最後の原稿を渡したのが午前三時過ぎ。ロビーに下りて行くと、彼女はフロント前の椅子に独りポツネンと坐っていた。そのときの彼女の、いかにも疲れきったような横顔だけは、鮮明に憶えている。ふだんから、結婚してもこの道を行くのだ――と張り切っていたのだが、それからまもなく、彼女は結婚し、ふつうの奥さんになってしまった。彼女を挫折させたのが、僕のカンヅメのせいではなかったかと、いまでも気になってならない。

この作品は１９８９年10月に刊行された徳間文庫の新装版です。なお、本作品はフィクションであり実在の個人・団体などとは一切関係がありません。

また、「解説」は徳間文庫、「解説の解説」は角川文庫、「ミステリーの似合う風土」は光文社文庫『浅見光彦のミステリー紀行　第１集』より再録しました。

徳間文庫

「首《くび》の女《ひと》」殺人《さつじん》事件《じけん》

〈新装版〉

2014年4月15日 初刷

著者 内《うち》田《だ》康《やす》夫《お》

発行者 平野健一

東京都港区芝大門二―二―二〒105―8055

発行所 株式会社徳間書店

電話 編集〇三(五四〇三)四三四九
販売〇四八(四五一)五九六〇

振替 〇〇一四〇―〇―四四三九二

印刷 凸版印刷株式会社

製本 株式会社宮本製本所

ISBN978-4-19-893817-8 (乱丁、落丁本はお取りかえいたします)